相棒 season10

上

脚本・輿水泰弘ほか
ノベライズ・碇　卯人

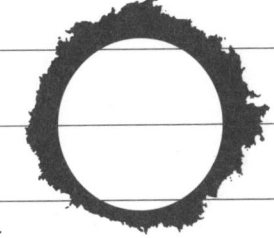

朝日文庫

相棒
season10

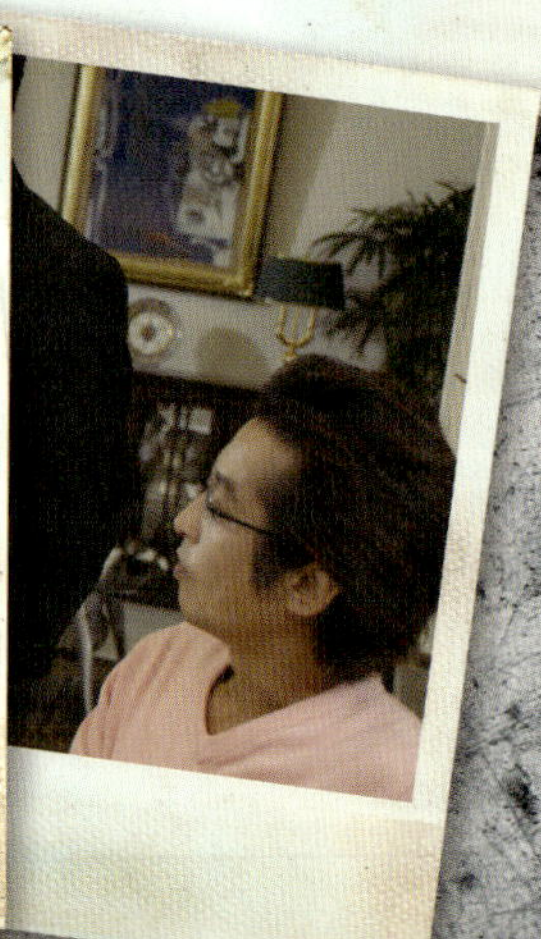

EPISODE 1

EPISODE 2

EPISODE 3

EPISODE 4

EPISODE 5

EPISODE 6

相棒 season10

上

脚本・輿水泰弘ほか／ノベライズ・碇　卯人

朝日文庫

本書は二〇一一年十月十九日～二〇一二年三月二十一日にテレビ朝日系列で放送された「相棒　シーズン10」の第一話～第六話の脚本をもとに全六話に構成して小説化したものです。小説化にあたり、変更がありますことをご了承ください。

相棒 season10 上

目次

装丁・口絵・章扉／藤田恒三

杉下右京　警視庁特命係係長。警部。
神戸尊　警視庁特命係。警部補。
宮部たまき　小料理屋〈花の里〉女将。右京の別れた妻。
伊丹憲一　警視庁刑事部捜査一課。巡査部長。
三浦信輔　警視庁刑事部捜査一課。巡査部長。
芹沢慶二　警視庁刑事部捜査一課。巡査。
角田六郎　警視庁組織犯罪対策部組織犯罪対策五課長。警視。
米沢守　警視庁刑事部鑑識課。巡査部長。
大河内春樹　警視庁警務部首席監察官。警視正。
内村完爾　警視庁刑事部長。警視長。
中園照生　警視庁刑事部参事官。警視正。
小野田公顕　警察庁官房室長（通称「官房長」）。警視監。

相棒

season
10上

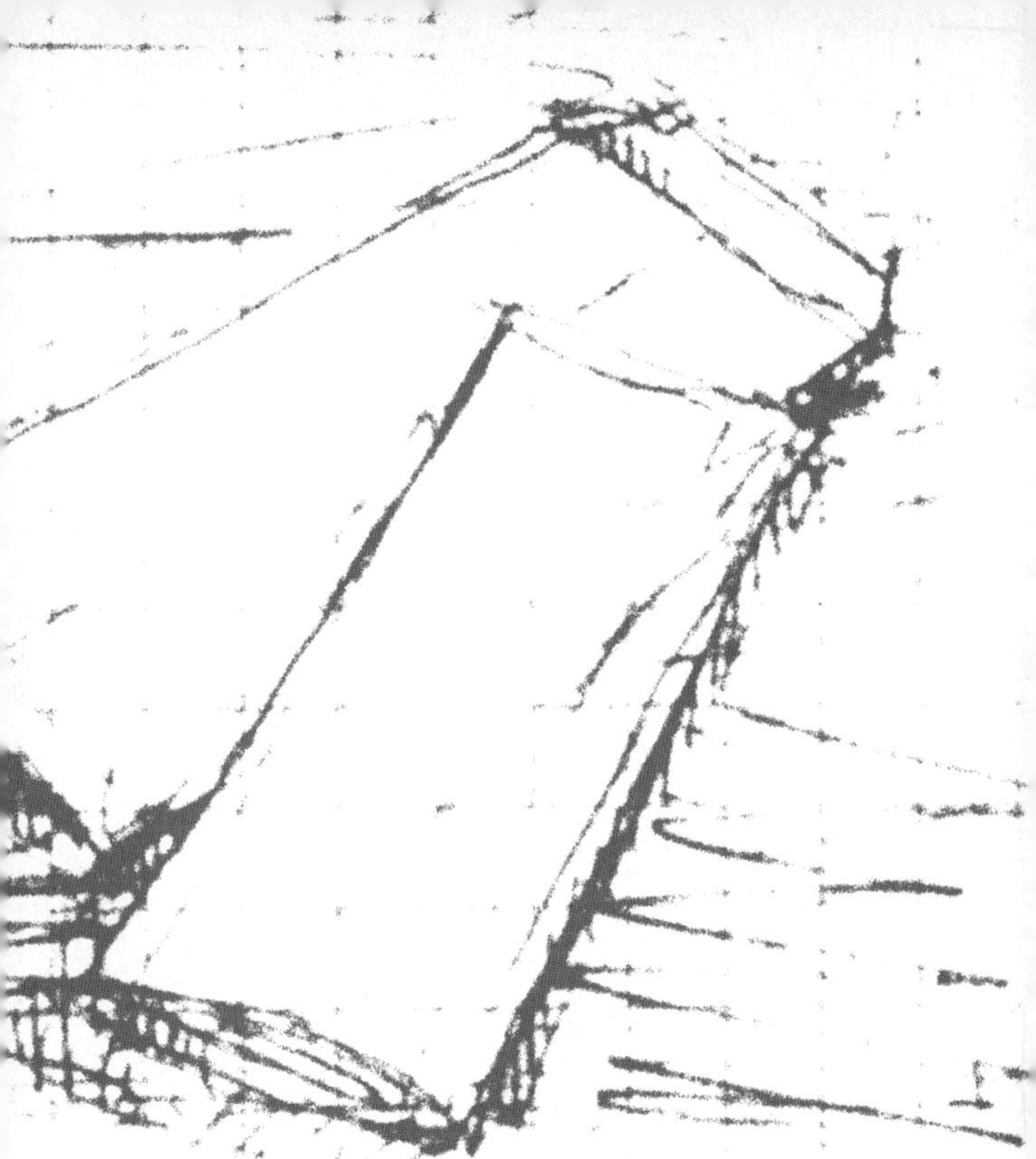

第一話

「贖罪」

一

「ずいぶん変わっちゃったね、この辺りも」

上野駅で拾って以来、黙りこくっていた客にいきなり話しかけられて、運転手は戸惑った。

「えっ……ああ、そうですね」

車は隅田川《すみだがわ》沿いを走っていた。確かにこのところ、新しいマンションが雨後の筍のように増えている。

「十三年ぶりなんだ」

「そうですか」

運転手はルームミラー越しに後部座席を見やる。客はグレーのスーツを着た働き盛りといえる年の頃の男だったが、ノーネクタイでどことなく放心したような様子だった。

「刑務所にいたもんでね」

「えっ！」

いきなりの言葉に運転手は血相《けっそう》を変えた。

「今朝出てきたとこ。人を殺してね」

まるで出張から帰ってきた、というようにさらりと言ってのける男の薄笑いに、運転手は背中が凍り付いて危うくハンドルを放しそうになった。

「あ、あっ、そ、そうですか」

「その罪を償《つぐな》ってきたとこ。ああ、この辺だ。そこでいいよ」

男は大きなマンション脇の路肩《ろかた》を指した。運転手は慌ててブレーキを踏んだ。男はズボンのポケットから無造作に千円札を摑《つか》んで差し出し、釣りはいらないから、と言い置いてタクシーを降りた。

「あ、ありがとうございます！」

声を裏返して礼を述べた運転手は早々にドアを閉め、逃げ去るようにタクシーを発進させた。

男の手にはボストンバッグとコンビニの袋がひとつ。マンションの入り口脇の植え込みに腰を下ろした男は、コンビニの袋から買ったばかりのレポートパッドと油性ペンを取り出すと、大きな文字で紙を埋め、折り畳んで上着の内ポケットに入れた。そしておもむろに立ち上がり、マンションの屋上を仰いだ。

男はエレベーターで最上階へ向かい、階段を使って屋上に出た。昼前の強烈な日差しがコンクリートに照りつけ、頭上には雲ひとつない青空が広がっている。男はボストンバッグを投げ捨て、その青空とコンクリートの切れ目に向かって駆けていった。そうして手すりのない建物の縁に立つと両手を大きく広げ、雄叫《おたけ》びを上げながら青空に向かってダイビングした。

その夜、警視庁特命係の警部、杉下右京《すぎしたうきょう》はいつものように行きつけの小料理屋〈花の里〉の定席にひとり座っていた。カウンターのなかではやはりいつものように右京の元妻でもある女将《おかみ》、宮部《みやべ》たまきが酒肴《しゅこう》を用意している。けれどもふたりの間に流れる空気は、いつもと違っていた。

「急な話ですけれど……」

たまきは手元に目を落としたまま呟《つぶや》いた。

「あなたはいつも急です。ぼくと別れた時も急でした」

右京はカウンターの上に両手を揃《そろ》えて、呆《あき》れた口調で言った。

「思い立ったが吉日、って思っちゃうんですよ」

「お店をたたんでどうするつもりですか？」

右京に訊かれて、たまきは少女のように夢見る目つきになった。

「まずはお遍路《へんろ》にでも行って、それから日本全国を回って見聞を広めて……世界一周なんていうのもいいですね」それから「止めても無駄ですよ」と右京に釘を刺した。

「わかってます。しかし今後、ぼくはどうしたらいいんですかねえ？」

「はい？」

杯を傾けて誰に訊くともなく呟く右京の顔を、たまきはしげしげと覗き込んだ。

「たとえば食事など……」

たまきは軽く噴き出して言った。

「右京さん、もう子供じゃないんですから」

「なるほど」

右京はそれこそ母親にたしなめられた子供のような顔つきになった。


右京のたったひとりの部下である特命係の警部補、神戸尊《かんべたける》は、翌日のランチを近くのオープンテラス・レストランで摂《と》っていた。気持ちのいい風が目の前の公園から吹いてくる。けれども尊のテーブルには重苦しい空気が淀んでいた。向かいには何かと尊と関係の深い首席監察官、大河内春樹《おおこうちはるき》が座っている。

「城戸充《きどみつる》、覚えてるか？」

大河内はカレーのスプーンを置くと、上着の内ポケットからグレーのスーツを着た男の写真を尊の目の前に差し出した。

「城戸ね、覚えてますよ」

尊は大河内の目を見ずに答えた。

「昨日出所したそうだ」

「ああ、みたいですね」

尊はそっけない顔で頷《うなず》く。

「その足で自殺した」

そのことは今朝登庁してすぐに目を通した朝刊の片隅に載っていた。

「新聞で読みました」

「実は遺書が見つかってな」

尊の手にしたスプーンが止まった。

「遺書？」

「背広の内ポケットに入っていたそうだ」

大河内の手から受け取ったレポート用紙を広げた尊は、そこに油性ペンで書かれた大きな文字を読み上げた。

〈俺は断じて殺してない。俺は警視庁の神戸尊を絶対に許さない〉

「扱いに困って所轄から回ってきた。どうする？　この場で握り潰《つぶ》したほうがいいか？　むろん当局はそれを根拠に動くつもりはない。無視すると言うならそうしよう。だがもしおまえが検証したいと言うんなら……その遺書はおまえに預ける」

大河内の言葉を聞きながらしばし思案顔をした尊は、作り笑いを浮かべて、

「無視してください」

と軽く言った。

その顔をじっと見て、大河内は短く答えた。

「そうか、わかった」

尊は食べかけのカレーライスをそのままに席を立った。

「急に飯でも食おうなんて言うから何かと思ったら……ごちそうさまでした」

尊は大河内に背を向けて立ち去りかけたが、足を止め、振り返って片手を差し出した。

「やっぱり預かります」


ランチタイムから戻った尊を特命係の小部屋で迎えた右京は、ティーカップに急いで口をつけた。

「おかえりなさい。ちょっと待っててくださいね。紅茶《これ》飲み干すまで」

「あ、あの……」

何か急ぎの話があるのか、予想外の態度に尊は戸惑った。

「今しがた大河内さんから連絡がありましてね。きみに協力してやってほしいと」

事情を呑《の》み込んだ尊は大きくため息を吐いて部屋を飛び出した。出かけるのならば一緒に、という上司を片手で遮《さえぎ》って廊下に出た尊は、すかさず大河内の携帯に電話をかけた。

　――検証してみる気になったのならば、杉下警部の協力を仰がない手はあるまい。何しろおまえよりもこういうことには長《た》けている。

　しれっと言う大河内に、尊は苛立《いらだ》った。

「もう！　余計な真似《まね》しないでくださいよ。以上！」

　そう言って携帯をピシャリと切った尊は、特命係の小部屋に戻り右京に城戸の遺書を見せて事の次第を説明した。

「全くの逆恨みです。恨まれる筋合いなんてこれっぽっちもない」

「殺人事件とは直接接点のない部署にいたきみが、なぜ殺人犯に恨まれるのでしょう？」

「だから恨まれる筋合いは……」

　強引に言い退けようとする尊を、右京はジロリと見た。

「全くありませんか？」

　面と向かってそう言われると……やはりこの人に隠し事はできない、と尊は観念した。

二

　尊は努めて正確に、正直に、事の経緯《いきさつ》を説明した。

それは十六年前のことだった。尊は当時通っていたスポーツクラブでとある女性と知り合った。名前は綱嶋瑛子《つなしまえいこ》。銀座の画廊に勤めている女性だった。

知り合って三か月ほど経《た》ったころ、ある相談を持ちかけられた。しつこくつきまとってくる男がいてほとほと困っているというのだ。話を聞けば典型的なストーカーで、その男が城戸充だった。

「しかし、綱嶋瑛子さんはどうしてきみにその相談を?」

ひと通り尊が説明を終えると、右京が訊いた。

「最初は交番に飛び込んだらしいんです。でも取り合ってもらえなかった。ほら、当時のストーカーに対する警察の認識って、事が起こったらいらっしゃいって感じだったでしょ? で、困り果ててぼくに……あっ、ぼくが警視庁勤務だってことは明かしてましたから」

「警備部警備第一課警備情報第四係でしたねえ、確か」

「はい。で、注意したんですよ、城戸に」

尊は自分が警察官だと明かさずに、まずスポーツクラブの見学ロビーで、ガラス越しにプールサイドの瑛子をじっと見ている城戸に声をかけた。

——瑛子の友達なんだけどさ。いろいろ話聞いたよ。とにかくさ、迷惑だって言ってんだから。

尊が咎《とが》めると、

――あいつから何聞いてきたか知らないけど、俺、真剣なんだよ。

心外とばかりに食って掛かってきた城戸だったが、これ以上つきまとうと厄介なことになる、と尊が少しばかりすごんだら、その場は収まった。

「引き下がったかに見えたんですけどね。今度は彼女に嫌がらせをするようになって。ドアの鍵穴に接着剤を流し込んだり、郵便受けにゴミを入れたり、そういったたぐいの嫌がらせです」

「彼が犯人だという証拠はあったんですか？」

右京が冷静に訊ねた。

「度重なる悪戯《いたずら》に辟易《へきえき》した彼女が仕掛けた隠しカメラに、城戸の犯行がバッチリ」

「ならば警察へ届ければ今度は警察も動きますね」

「警察沙汰《ざた》も考えたんですけどね。まあ、相手も普通の会社員ですし、いきなりそれもかわいそうかなと思って……」

そこで尊は初めて警察手帳を見せて、こう言ったのだった。

――本物だよ。これが最後通告。もしまた瑛子になんかしたら、今度こそ警察沙汰にするからな。立派な会社勤めてるじゃない。システムエンジニアなんでしょ？　警察沙汰なんかになったらオジャンだぜ？

そこまで言われて、さすがの城戸も「すみませんでした」と素直に頭を下げた。ところが……その後、城戸充は綱嶋瑛子を殺したのである。殺害現場は瑛子の部屋で、部屋にあったブロンズの置物による頭部撲殺《ぼくさつ》だった。そして直後に刑事から任意同行を求められた城戸は逃亡し、あろうことか尊に助けを求めてきたのである。

——こんなこと、頼めた義理じゃないことはわかってる。でも他に頼るとこがないんだよ。

職場で電話を受けた尊は、その切羽詰まった声に、「とにかく会おう」とだけ告げて電話を切った。

待ち合わせた喫茶店に現れた城戸はさすがに憔悴《しょうすい》した様子で、尊に切迫した口調で訴えた。

——おたくに二度目の注意受けた後、俺、彼女に近づいてないよ。ホントだよ。それが突然、殺人犯だなんてさ。

尊はその城戸の前に正論をぶつけた。

——無実なら胸を張って出頭すればいい。間違いならばすぐに解放されるさ。なあ、どうして任意同行を求められた時、素直に従わなかったんだよ。逃げ出したから指名手配されてるんだぞ。

——だから言ったろ! 俺が犯人だって決めつけてるんだってば。捕まったら最後、俺、犯人にされちゃうよ。

同行するから出頭しようと尊がすすめると、城戸は埒《らち》が明かないと判断したのか「もういい！　頼まない」と言い捨てて、激しく席を蹴って立った。と同時に城戸の周りを数人の刑事が囲んだ。うろたえる城戸の目の前に逮捕状が突きつけられる。

――騙《だま》したな！

城戸は尊を恨めしそうな目で睨《にら》んだ。

――本当に無実なら何も恐れることはないだろう？

尊は城戸を睨み返した。確かに尊は城戸を嵌《は》めたのだった。けれどもその行動は当時の尊にとって、警察官としてのある意味当然の行為だった。


「城戸充は、それを恨みに思っていたのでしょうかねえ？」

とりあえず所轄署である平井《ひらい》警察署を訪れてみようと向かった車のなかで、ハンドルを握る尊に、右京はまるで世間話でもするかのように訊ねた。一方の尊は当時を思い出しながら熱くなって答えた。

「俺のしたことって間違ってますか？　それで恨まれたとしたらまさしく逆恨みじゃないですか」

尊の興奮を他所《よそ》に、右京は冷静沈着に言った。

「まあその議論はいったん措いておくとして、ぼくが気になっているのは城戸充が冤罪《えんざい》を訴えていることのほうですよ。殺人犯として服役してその罪の償いを終えてまでなお、自分は殺していないと主張している」

尊はすぐさまそれに反論した。

「いや、しかし城戸充は適切な捜査によって被疑者として逮捕され、公明正大なる裁判によって殺人犯と認定された」

「本当にそう思っていますか?」

鋭くそう訊ねる右京に、尊は変わった語法で応じた。

「思ってました」

「はい?」

右京が不審気な目を向ける。

「当時はね。まだ新人に毛が生えた程度の警察官だったぼくは、心の底からそう思ってました」

「しかし、今は違う?」

右京の指摘に改めて自分の気持ちを確かめた尊は、大きくため息を吐いて言った。

「だから検証する気になったんです」

「模範囚だったらしいですよ、城戸は。宮城《みやぎ》刑務所に問い合わせてみました。懲役十七年でしたが十五年で娑婆《しゃば》に出られた」平井警察署の初老の刑事、小森俊幸《こもりとしゆき》は、現場写真のファイルを見ているふたりにお茶を出しながら言った。「単なる自殺なんですがね、妙な遺書が出てきちゃったもんだから……」そこで小森は尊の顔を覗き込んだ。「神戸さんでしたっけ？」

「え？　あっ、はい」

「じゃあおたくだ、ホトケさんに恨まれてるっていうのは」

あまりにストレートに言われ、口にしかけたお茶を噴き出しそうになった尊は、体勢を立て直して質問した。

「遺体はご遺族が引き取られたんですか？」

「ええ、ゆうべね。いやあ、気の毒で見てられなかったなあ。年老いたお袋さんがたったひとりでね。泣きわめくでもなくただジーッとね。息子の顔をただジーッと」

昨夜の光景を目前にしているかのように感慨にふけっている小森に、右京が改めて訊ねた。

「城戸充はなぜここを死に場所に選んだのでしょう？」

「さあ……」

右京が指差した書類の住所欄を見て、尊が小声を上げた。

「あれ？　この住所、確か綱嶋瑛子のマンションです」

平井警察署を辞してそのマンションに車を飛ばした尊は、到着するなり周囲を見回して頷いた。

「間違いない。ここです」

どうやら城戸は、縁もゆかりもない場所で死んだのではなさそうだった。早速ふたりは城戸が飛び降りた屋上に上がってみた。

手すりのない縁から身を乗り出して、右京はわずかに身震いした。

「目眩《めまい》のしそうな高さです。飛び降りるには相当勇気がいったでしょう。生半《なまなか》な気持ちではとても実行できません」

「ええ」

同じく縁から下を覗いた尊が同意した。すると右京が声のトーンを上げた。

「〝俺は断じて殺してない〟」

「はい？」

尊が怪訝《けげん》な顔をした。

「生きてそう訴えたらどうだったでしょう？」

「まあ、誰も洟《はな》も引っかけないでしょうね」

「死ぬより他なかったのでしょうかねえ」

右京は痛ましい思いでそう呟いた。

陽光が降り注ぐなか、尊は右京に当時のことを思い出しながら話した。幾度か裁判を傍聴に行ったことも含めて。

「お友達が殺されたのですから、犯人と目される人物の裁判を傍聴したくなって当然ですね」

右京が頷くと、尊はその異様な裁判の模様を伝えた。

検察官が起訴状を朗読した後、裁判長であった大森誠志郎《おおもりせいしろう》が被告の城戸に意見を求めると、城戸はきっぱりと否定したのである。

――すべてデタラメです。私は人を殺してなんかいません。

その瞬間、傍聴席は大きくざわめいた。

そして尊は言いづらそうな顔で、証人としても出廷したことを明かした。

――〝覚えてろ。いつかひどい目に遭わせてやるからな〟。被告人は綱嶋瑛子さんに対してそう脅したわけですね？

――はい、そのように聞きました。

検事の釜田《かまた》千也《かずや》に訊かれた尊ははっきりと答えた。

――綱嶋瑛子さんご本人からですね？

——そうです。

——それはあなたが二度目の忠告をした後ですか？

——後です。確か二、三日後です。

——綱嶋瑛子さんはどんな様子でしたか？

——ひどく怯《おび》えていました。

この尊の一連の証言が城戸の判決に影響を与えたことは否《いな》めなかった。

「なるほど、検察側の証人ですか。いずれにしても当時の捜査資料が見たいところですねえ」

右京は興味深げに言った。

「さすがに当時の捜査資料は無理ですけど、公判中に提出された証拠資料なら東京地検に保管されてるはずですよ。まあ簡単に閲覧《えつらん》できませんけど」

「事件が終局して三年が経過したものについては、原則、裁判書《さいばんがき》以外は閲覧不可です」

博覧強記《はくらんきょうき》の右京は、このあたりの知識も十分持ち合わせていた。

三

ふたりは、当時捜査一課でこの事件を担当した池上慎二《いけがみしんじ》を訪ねた。池上は警視庁を辞め、現在は〈アイシン信用調査〉という名の探偵事務所を興していた。

「お久しぶりです。覚えてますか？」

挨拶を交わしてから尊がそう訊ねると、池上は諾《うべな》いながら、即座にこう切り出してきた。

「城戸充の件ですか？」

新聞の記事で見た、とそつのない営業スマイルを浮かべる池上に、右京が言った。

「いささかセンセーショナルな死に方でしたからねえ」

「正直言うとゆうべまで忘れてたんですよ。城戸のことも、もちろん神戸さんのこともね。記事を見て思い出したところに神戸さんが現れた。城戸の件以外ないでしょう。だけど今さら城戸の件と言われてもねえ。一体なんでしょう？」

尊は早速本題に入った。

「当時、警視庁で事件を担当したのは酒井《さかい》さんと池上さんでしたよね？」

「私はまだ新米刑事だったので、酒井さんにくっついていてただけですけどね。で、何が訊きたいんですか？」

「あれほど犯行を否認していた城戸から、どうやって自白を引き出したんですか？」

尊の質問を軽くいなすように、池上は笑みを浮かべて答えた。

「取り調べを主導してたのは酒井さんなんで、酒井さんがうまく引き出したんだと思いますけど」

次は右京が切り込んだ。

「実はこちらへお邪魔する前に東京地検に寄りまして、裁判書を閲覧してきたんですよ。それによると、城戸充は公判で一転して犯行を否認。自白は強要されたものだと主張したようですね」

池上は余裕の表情を見せて返答した。

「ハハッ。でも服役したわけだから、城戸の主張は裁判所で認められなかったわけでしょ。つまり取り調べに問題はなかったということですね」

そこへ右京が意外な球を投げた。

「ところで、どうして警察をお辞めに？」

「えっ？」

池上は一瞬、虚を衝かれたような顔をした。

「事件の翌年、あなたは警視庁をお辞めになってますね」

「もともと私立探偵がしたかったんです。大学を出てすぐ私立探偵よりも警察官をやってからのほうが箔《はく》がつくでしょう？　警察官は腰掛けのつもりでした」快活に答えた池上は、一転、ふたりを睨んで身を乗り出してきた。「じゃあ、私からも質問していいですか？　おふたりが過去の事件を穿《ほじく》り返してる理由はなんぞや？」

「城戸は冤罪だったかもしれない」

尊が答えると、池上は皮肉な笑みを浮かべた。

「ほう。して、その根拠とは？」

「いや、まだ明確な根拠があるわけじゃありません」

正直に答える尊に、右京が続けた。

「ですから今、当時の関係者に当たっているところです」

「残念だけど私はお役に立てそうもないな。他を当たってみたらどうです？」

「もちろんそうするつもりですよ」

慇懃《いんぎん》ながら冷たく断る池上に、右京もやんわりと棘を含めて応じた。

「じゃあこのぐらいでよろしいですかね？」

そそくさと席を立とうとする池上を、右京が呼び止めた。

「ああ、もうひとつだけ。先ほどここへ来る途中、東京地検に寄ってきたと申し上げましたが、そこで益子《ますこ》さんと釜田さんのこともお聞きしたんですよ。覚えてらっしゃいますか？　益子さんと釜田さん」

池上は空《くう》を見やって聞き返した。

「ああ……マスコさんというのは益子検事のことかな？」

「ええ、当時、送検された城戸の取り調べを行った、益子英彦《ひでひこ》検事です」

答えた右京に、池上は続けた。

「ならばカマタさんというのは、公判を担当した釜田検事のことですね」

「そう、釜田千也検事。おふたりとも既に退職されてました。あなたと同様、事件の翌年に」

池上は故意に無関心を装って訊ねた。

「へえ……で、おふたりはその後、何を？」

「おふたりとも弁護士をなさっているそうですよ」

そう言って右京は池上の反応をしげしげと観察した。


翌日のこと、ふたりの元検事、益子と釜田は都内のとあるホテルの喫茶ラウンジでばったり鉢合わせていた。久しぶりに顔を合わせたふたりは、懐かしむより先に訝《いぶか》しさが勝っているようだった。訊くとどうやらお互いに待ち合わせのようだ。

「お待たせしました。警視庁の杉下です」

「神戸です」

そこに特命係のふたりが現れた。待ち合わせの相手が同じだったことに益子と釜田は驚くと同時に腹が立った。

「釜田君が一緒なんて聞いてなかったよ」

「私のほうもだ」

憤慨するふたりを他所《よそ》に、右京はしれっと尊に訊いた。

「アポを取る時申し上げなかったんですか?」

尊もとぼけて応じた。

「言いそびれました。でも特に不都合はありませんよね? では早速……電話で申し上げたとおり、城戸充の事件のことについてなんですが」

「だから電話でも言ったとおり、あまり記憶にないんだよ」

益子が苛《いら》ついて言うと、釜田もそれに同調した。

「十五年も前の事件だからね」

「いや、この一晩で何か思い出していただけたらなと期待してたんですけど」

尊も役者だった。

「個々のケースについていちいち覚えとらんよ」

益子は鼻で笑って応えた。

「送検されてきた時、城戸は犯行を認めていたんですか?」

構わず尊が益子を攻める。

「確かそう思ったよ」

「供述調書に特に不備はなかった?」

「起訴したんだから不備はなかったはずだよ」

「ところが公判になると一転、城戸は供述を翻《ひるがえ》して犯行を否認したんですよね？」

そこで脇から釜田が口を挟んだ。

「よくあることだよ。往生際が悪いんだな。だから裁判所も有罪判決を出したんだ。いや、きみだって証言に立ってくれたんだからわかってるだろう？」

釜田が言うまでもないことだという口調で答えると、右京がふたりに問いを投げかけた。

「城戸充の事件の翌年、あなた方は揃って検事職をお辞めになってますね」

益子がいかにも心外という顔をした。

「ちょっと待ってくれ。そういう質問の仕方は不適切だ。私はことさら城戸事件の翌年に辞めたわけではない。たまたまタイミングがそうだっただけだ。同様に釜田君と示し合わせて辞めたわけでもない。揃って辞めたという表現はおかしい」

「なるほど。ちなみにどういう理由でお辞めになったんでしょう？」

いったん首肯した右京は、さらに訊ねる。

「端的に言ったら金だね。検事の給料は安いからねえ。同じ法曹界にいるのに弁護士は儲けとる」

「そのとおり！」

益子の明快な答えに、釜田が同意する。

「それより、城戸事件が冤罪だったという根拠を教えてもらおうか」

益子が反撃に出ると、

「そう！　そのために忙しい時間を割《さ》いたんだ」

と釜田も鼻息を荒くする。

「根拠など特にありませんが」

右京はふたりの怒りをさらに煽《あお》った。

「何⁉」

目を吊り上げる益子をおちょくるように、右京は再び尊に訊いた。

「アポを取る時そんなことを申し上げたんですか？」

「ん？　言ったかな」

あくまで白を切る尊に、釜田が詰め寄る。

「言ったよ！　きみ」

「あっ、口が滑ってしまって、そのようなことを言ってしまったかもしれません。誤解させたならば謝《とぼ》ります」

見え透いた惚け方に開いた口が塞《ふさ》がらないというように、益子は傍《かたわ》らに置いたバッグを手に立ち上がり、釜田もそれにならった。

「もういいね」

そんなふたりの前に、右京は人差し指を立てた。

「ああ、あとひとつだけ。城戸事件の第一審で有罪判決を下した大森誠志郎判事が、調べましたらやはり判事を辞めてらっしゃるんですよ。しかも、事件の翌年です。刑事が一名、検事が二名、判事が一名……当時の関係者のうち都合四名が同時期に揃って職を辞してらっしゃるんです」

「偶然だろ」

益子が軽く答えた。

「そうでしょうか？」

釜田が声を高くした。

「偶然だよ！」

言い捨てて身を翻し去っていくふたりの背中を見送った右京は、独り言のように呟いた。

「偶然でしょうかねえ……」

次に右京と尊は当時の判事、大森を訪ねた。大森は現在、大学の法学部で教鞭《きょうべん》を執《と》っていた。大きな教室を埋める学生を相手にした授業を終えた大森の前に、ふたりの刑事が立った。

「お忙しいところ恐縮です」

右京が頭を下げると、大森はふたりに目もくれず、黒板の字を消しながら居丈高《いたけだか》に言った。

「話すことなどないと申し上げたじゃありませんか」

「どうしてもお目にかかりたかったものですからね。押しかけて来てしまいました」

右京が慇懃に言うと、大森は不機嫌そうに顔をそらした。

「だから、城戸　某《なにがし》なんて記憶にないんだってば」

「全くですか？」

前に進み出た尊を、大森はじっと睨んだ。

「判事時代、何件のケースを扱ってきたと思ってるんだ」

そこに右京が例の質問を投げかけた。

「先生はなぜ判事をお辞めになったんですか？」

「ん？　まあ、前々からお誘いを受けてたてねえ。のんびり大学で教鞭を執るのも悪くないかなと思って」

一見穏やかに答えた大森だったが、

「お辞めになったのは確か城戸事件の翌年……」

と尊が言いかけると、

「なんだあ、おまえは！」

と突然ブチ切れたように怒声を浴びせた。ひるんだ尊をさらに恫喝《どうかつ》する。

「城戸某なんて知らないって言ってるだろう！　くだらんこと言うなよ！　帰ってくれ！　話すことはない」

そう言い捨てると、唖然《あぜん》とするふたりをそのままに、教室を出ていった。

四

取り付く島もない大森のもとを辞した右京と尊は、あのとき裁判の左陪審を務めた磯村菜々美《いそむらななみ》を訪ねた。当時判事補だった菜々美は、今では立派な判事になっていた。しかも理知と美貌を兼ね備えた魅力的な女性だった。法廷を出た菜々美を呼び止めた尊は、

「十五年も前の事件ですから詳細はご記憶にないかもしれませんけど」

と前置きをしたのだが、意外にも菜々美は、

「いいえ、よく覚えてますよ」

はっきりそう言った。

裁判所の判事室に招じ入れられた右京と尊は、先ほど大森に会ってきたこと、右陪審を務めた町田努《まちだつとむ》は海外研修中で不在ゆえ、菜々美に話を聞きにきたことを告げた。

「さっき事件のことをよく覚えてるとおっしゃいましたけど、それはなぜですか？　大

森さんは〈記憶にない〉の一点張りで、しまいには怒鳴られましたよ」

尊がそう言うと、菜々美は苦笑した。

「癇癪《かんしゃく》持ちなんです。大森さん、昔から」

尊が、なるほど、と頷くと、菜々美の方から切り出した。

「おとといの自殺で何かあったんですか？　出所してすぐに自殺したでしょ？　新聞で読みました」

その真剣な面持ちを見て、右京が言った。

「どうやら城戸事件に特別な感慨をお持ちのようですねえ」

「実は城戸事件は冤罪だったんじゃないかと」

尊がいきなり核心に触れると、ふたりにコーヒーをふるまった菜々美は改めて姿勢を正して、

「どうして冤罪だと思うんですか？」

と聞き返した。

「いや、まだ明確な根拠があるわけじゃないんですけどね」

尊がそう述べると、菜々美は意外なことを口にした。

「そうですか。じゃあ当時の私と一緒ですね」

尊がその言葉の真意を訊ねると、菜々美は当時を思い返して、自分も明確な根拠がな

かったけれど、有罪判決を下してはいけない気がしていた、と正直に言った。けれどもそれは単なる心証だったたし、被告人の犯行を示す証拠もあり、それに何よりもいちばん下っ端の菜々美に大森と町田を説得することは不可能だった、とのことだった。

そこまで言葉を継いだ菜々美は、尊の顔をしげしげと見て、

「思い出した。当時証人に立ちませんでした？」

と言った。

「はい。立ちました」

尊がわずかに照れて答えると、菜々美は膝を打った。

「ですよねえ。なんか見覚えがあったんで」

「他にも当時の記憶をいろいろと呼び起こしてもらえると助かります」

尊がお願いすると、

「どうぞ。なんでも訊いてください。覚えていることはお答えします」

と全面的な協力を約し、事件の概要を説明した。

綱嶋瑛子の遺体は平成八年三月十日午後九時を回った頃、被害者宅で発見された。ブロンズ像で頭部を殴打した撲殺だった。凶器のブロンズ像から城戸充の指紋が検出され、それが城戸の犯行を示す証拠として採用された。ブロンズ像は迷惑をかけたお詫びの印として宅配便で届けられた、城戸からの贈り物だった。

「遺体の第一発見者は誰だったんでしょう？」

と尊が訊ねると、それは被害者の友人、染谷由香恵《そめやゆかえ》と、マンションの管理人の若林晶《わかばやしあき》文《ふみ》だと菜々美はフルネームで正確に答えた。

五

驚いたことに、瑛子の友達である染谷由香恵とマンションの管理人、若林晶文は結婚して所帯をもっていた。しかも若林はデイトレーダーとして成功を収めており、都内の高級住宅街に立派なマイホームを構えていた。

菜々美の話を聞いた翌日、右京と尊がその自宅を訪ねると、応対した由香恵は部屋にこもりきりで一向に出てこない晶文のことを、申し訳なさそうに詫びた。右京と尊は、お茶を淹《い》れようとする由香恵を遮って、早速話を聞くことにした。

「第一発見者のおふたりがその後結婚なさったって知って、ちょっと驚きましたよ」

尊が正直な感想を述べると、由香恵は、若林と知り合ったのはあの事件だった、と応じた。

「気落ちしてるのを励ましてくれたりして」

「気がついたら、恋が芽生えていた」

尊の言葉に由香恵は苦笑して頷いた。

「綱嶋瑛子さんとは、いつ頃からご友人関係だったのですか?」

今度は右京が訊ねた。

「彼女とは短大で知り合って……同級生でした」

そのとき、若林が大きなため息と舌打ちと共にリビングに現れた。

「二千万やられたよ!」自棄《やけ》気味に叫んだ若林はそこでようやく来客に気づいて、「誰?」と由香恵に訊ねた。

「警察の方よ」

「警察?」

「言ったじゃない」

そのやり取りを見て、右京と尊は改めて自己紹介をした。

まったく話が嚙み合っていない夫の態度を、由香恵は再び詫びた。

「警察が何?」

「すみません! 仕事中は生返事するもんですから。瑛子の事件のことでいらっしゃったの」

「すいませんねえ、お仕事中」

尊に謝られたところで、若林はようやく事情を吞み込めたようだった。

右京はまず、先ほどの若林のひと言について訊ねた。

「〝二千万やられた〟とおっしゃってましたが、二千万円損失を出したという意味ですか？」

「まあ、そう……」若林はどう説明したらいいか躊躇《ためら》いつつ、「なあ、お茶くれよ」と由香恵にせがんだ。

「でも今……」

大事な話をしている、と言いかけた由香恵を遮って、じゃあせっかくだからぼくたちも……と尊が請《こ》うた。

「大したことないよ。二千万ぐらいすぐ取り戻す。しょせん博打《ばくち》だから勝ったり負けたり」

リビングの椅子に斜に構えて座った若林は、強がるように言った。

「でも負けてたらこんな家住めませんよね」

部屋を見回した尊を、若林は面白くなさそうに睨んだ。

「綱嶋さんの事件がどうしたの？　もう何年も前だろう？」

「十五年前です。平成八年三月十日」

尊が答えると右京が続けた。

「その頃あなたは綱嶋瑛子さんの住んでらっしゃったマンションの管理人をなさってたんですよねえ？」

「あんまり思い出したくないなあ、あの時のことは」

「なぜですか？」

右京が訊ねた。

「冴《さ》えない時代だったから。何やってもうまくいかないしさあ」

「しかし、今はこうして成功なさってる」

お世辞ともとれる右京の言葉を聞き流して、若林は突っ込んできた。

「ねえ、綱嶋さんの事件を今さらどうして？」

「城戸充が自殺したことはご存じですよね？」

尊が訊ねると、若林は、知らない、と頭《かぶり》を振った。新聞はいつもテレビ欄と株式欄しか見ないらしい。

「城戸充のことは覚えてらっしゃいますか？」

今度は右京が訊ねた。

「綱嶋さんを殺した犯人でしょ。自殺したの？」

キッチンからお茶をもってきた由香恵がそれを聞き咎めた。

「言ったじゃない。さきおととといだったかしら、マンションから飛び降りたんですって。冤罪の疑いがあるんですって」

「冤罪？」

怪訝そうな顔の若林に尊が答える。

「つまり、城戸充は綱嶋瑛子殺害の犯人じゃなかったかもしれない、ということです」

「じゃあ犯人は誰？」

不可解そうに訊ねる若林に、右京が説明した。

「その解明も含めて、今、当時の関係者を当たっているところなんですよ」

「あの日、瑛子とは渋谷で待ち合わせてたんです。でも約束の時間になっても現れなくて……電話しても出ないし」

由香恵が当時のことを思い出しながら話し始めた。

瑛子のマンションを訪ねた由香恵は、外から見たら部屋の電気がつけっぱなしになっていたので心配になって、当時管理人だった若林を呼んだ。そして管理人用のマスターキーで解錠したふたりは、部屋に入り、瑛子の遺体を発見したというわけだった。

「何か他に印象に残ってることはありませんか？」

尊が訊ねると、若林はシニカルに答えた。

「印象って言ったって……綱嶋さんの遺体が強烈に印象に残ってるね。殺された人間を間近で見るのは初めてだったから」

「やめて、そういうこと言うの」

由香恵の拒絶反応に、若林は憮然《ぶぜん》として言った。

「訊かれたから答えただけだよ」

「すいません。つらいことを思い出させてしまって」由香恵に謝った尊は「あの、話は変わるんですけど、この絵」と言いながらリビングの奥の壁に掛かっている油彩の抽象画を指した。この部屋に入ったときから気にかかっていたようだった。「ひょっとして綱嶋瑛子さんの部屋に飾ってあったものじゃないですか?」

「その絵は瑛子からもらったんです。今では形見になってしまいましたけど」

由香恵が答えた。

「やっぱり……なんか見覚えがあったんで」

尊は瑛子の部屋でその絵を前にしたとき、さっぱりわからないと言って彼女の失笑を買ったことを鮮やかに思い出していた。

「部屋に上がるほど親しかったわけですね?」

帰りの車のなかで右京に突っ込まれた尊は、弁解がましく打ち消した。

「あっ、勘繰らないでくださいね。ガールフレンドのひとりです」

「ま、それはさておき、綱嶋瑛子さん殺害後、犯人はどこから逃走したのでしょうねえ」

右京は根本的な疑問を呈した。

「えっ？」

「若林夫妻の証言によると玄関の鍵は閉まっていた。つまり犯人はわざわざ戸締まりをして逃走したか、あるいは玄関以外の場所から逃走したということになりますねえ」

「玄関以外なら窓しかないでしょう。二階だから逃走も不可能じゃない」

尊の常識的な解釈を聞き流して、右京は呟いた。

「捜査資料があれば、その辺りもハッキリするのですがね」


特命係の小部屋に戻ってきたふたりを手ぐすね引いて待っていたのは、隣の組織犯罪対策五課の角田六郎《かくたろくろう》だった。

「お、戻ってきた。おかえり。お待ちかねだよ」

「そのようですねえ」

右京は珍しいものを見る目で小部屋を見渡した。

「みなさんお揃いで」

尊がため息交じりに言った。小部屋では捜査一課の三浦信輔《みうらしんすけ》と芹沢慶二《せりざわけいじ》が右京の愛用するチェス盤を囲んでおり、その脇のソファでは、伊丹憲一《いたみけんいち》がふんぞりかえって新聞を読んでいたのだ。

「われわれに御用ですか？」

右京が声をかけると、

「相変わらずの物言いですなあ」

三浦が皮肉っぽく応ずる。

「どうぞ。ご用件を承りましょう」

そそくさと紅茶を淹れ始める右京に、伊丹が切り出した。

「冤罪事件を調べてるそうですね」

「冤罪⁉　ホントか？」

角田が素《す》っ頓狂《とんきょう》な声を上げる。

「よくご存じで」

右京が他人事《ひとごと》のように言う。

「収穫ありましたか？」

伊丹が訊ねると、即座に角田が、

「あったのか？」

と口を挟んだ。

「課長、いちいち合いの手は結構です」

三浦が迷惑そうな顔で角田を睨んだが、角田は「そうか」とさらりとかわしたまま、部屋を出ていこうとはしない。

「まだめぼしい収穫はこれといってありません」

正直に答えた右京に、伊丹は「本当に？」と疑わしげな目を向けた。

「何しろ捜査資料がないものですからねえ。隔靴掻痒《かっかそうよう》の感が否めませんよ」

右京に続いて尊が逆に訊ねた。

「ちなみにどこからその情報を？」

その尊を睨みつけて、伊丹が詰め寄った。

「それより城戸充の遺書とやらを見せてもらえませんか？」

「遺書ってなんだよ？」

懲《こ》りずに首を突っ込んできた角田に、今度は芹沢が嫌みたっぷりに言う。

「死んだ人が書き残したものですね。一般的には」

捜査一課の三人の顔を見渡し、角田はいじけた声で言った。「わかったよ。戻りゃいいんだろう。そしてまあ、がんばれ」とエールを残して出ていった。捜査一課の三人はそんな角田を、「お疲れさまでした」と声を揃えて見送った。

尊は無言で内ポケットから城戸が書き置いた紙を取り出し、チェス盤の横に投げ出した。それにしげしげと見入る三人に、右京は理路整然と言った。

「池上さんから問い合わせがありましたか。彼は捜査一課ＯＢですからね。問い合わせぐらい苦もなくできる。そこでわれわれの動きを知ったあなた方は、とりあえず城戸充の自殺を担当した平井警察署へ問い合わせをしてみた。そして、担当刑事から城戸充の残した遺書について聞いた。彼は見るからに口が軽そうでしたからねえ。遺書のことをすぐ教えてくれるはずです。まあ、おおよそそんなところでしょうかねえ」

言いながら右京はチェス盤に目を落とし、即座に駒を動かした。チェックメイト、というところか。

「さすが杉下警部、相変わらず見てきたような推理を披露しますねえ」

三浦がわざとらしく誉め称えると、今度は右京が三人に訊ねた。

「皆さんは城戸事件を覚えておられますか?」

「言われて思い出す程度ですよ。よその班の担当事件でしたから」

答えた伊丹にさらに右京が訊いた。

「城戸事件を担当したのがその池上さんともうひとり、酒井光男《みつお》さん。もう鬼籍に入られてますが酒井さんについては覚えてらっしゃいますか?」

「そりゃあもちろん。俺らがまだ下っ端《ぺーぺー》の頃の大ベテランですからね」

伊丹に続いて、三浦が声を上げた。

「そっか、思い出した! 城戸事件ってのは酒井さんの最後の事件《ヤマ》だぜ」

「なるほど、最後のヤマですか」

右京が鸚鵡返《おうむがえ》しに呟くと、三浦が続けて言った。

「確か定年を目前に控えてた時です。早期解決に執念燃やしてたの覚えてますよ」

「その執念が誤った結論を導き出したということも考えられますねえ。つまり冤罪を作ってしまった」

右京は宙を仰いだ。

六

右京と尊は城戸事件の鍵を握る酒井刑事が何らかの痕跡を残していないかを確かめるために、未亡人、幹子《みきこ》を訪ねた。足を悪くして車椅子生活を強《し》いられている幹子は、夫の残した遺産で完全介護サービス付のシニア向けマンションに入っていた。

「家《うち》では一切、仕事のことは話しませんでしたからねえ」

「そうでしょうねえ」

幹子の車椅子を押して中庭に出ながら、尊が相槌《あいづち》を打った。

「事件が起こると、解決するまで時々身の回りのものを取りに戻るぐらいで」

「ご主人が最後に担当なさった事件を覚えておいでですか？」

右京が訊ねると、尊が付け加えた。

「もう十五年も前の事件ですけど」

それを聞いた幹子はしばし黙り込んだ末に、口を開いた。

「ご心配なく。年寄りは昔のことのほうがよく覚えてるわ。平成八年、江戸川区のマンションで若い女性が殺された事件ですね。被害者の女性は綱嶋瑛子さん。そして犯人は城戸充」被害者と犯人のフルネームがすらすらと出たことに驚いたようすの右京と尊を見て、幹子は「ちょっとお部屋にいらっしゃいません？」と誘った。

バリアフリーの館内に戻り、部屋に入った幹子は、車椅子を押す尊を断って自ら車輪を回し、居間の正面の棚に向かった。棚には千代紙がきれいに貼られた箱が置かれ、その上に在《あ》りし日の夫と並んで撮った写真が飾られていた。

「種明かしをするとこれなんですよ」幹子は千代紙の箱を大切そうに膝に載せてテーブルまで運び、中から紐で綴じられた書類を取り出した。「これを読んでたから覚えてるだけ」

「失礼」

右京は幹子から書類綴じを受け取り、表紙を開いた。

「あっ、どうしてこれを？」

書類を覗き込んだ尊が驚きの声を上げた。そこには城戸事件の供述調書ほかさまざまな捜査資料が綴じられていたのだ。

「主人の最後の事件なので、記念に持ち帰ったのかしら？」そう呟いた幹子は生前の夫を思い浮かべて頭《かぶり》を振った。「ううん、違うわね。きっと何か心残りがあったのよ。しよっちゅうこの資料を見てた」

「心残り、ですか」

右京が訊き返した。

「私が勝手にそう思うだけですよ。主人はなんにも言いませんでしたから」

幹子は寂しげに微笑《ほほえ》んだ。

「確かに当時の捜査資料ですなあ。もちろん原本ではなくコピーですが」

右京と尊が幹子から借りてきた書類綴じを受け取って、鑑識課の米沢守《よねざわまもる》は興味深げにページをめくった。

米沢がそこに記された城戸の供述を読み上げる。

〈平成八年三月九日、午後十時過ぎだったと思います。私は綱嶋瑛子さんのお宅を訪ねました。直接お詫びがしたくて伺ったと言うと、綱嶋瑛子さんは部屋に上げてくれました。部屋には前に私が送ったブロンズ像が飾ってありました。お詫びがしたいというのは嘘でした。私は綱嶋瑛子さんを殺すつもりでした。私は咄嗟《とっさ》にブロンズ像を凶器に使いました。首を絞めて殺すつもりでしたが、素手で首を絞めるよりもいいと思ったからです。綱嶋瑛子さんの頭を何度も殴り、彼女を殺害した私は次に部屋の鍵を探しました。机の引き出しに合鍵がありましたので、それを持って私は部屋を出ました。私は玄関を

きちんと閉めて逃走しました。なぜわざわざ鍵を閉めたのかというと、少しでも遺体の発見を遅らせたかったからです。〉

「一応、玄関の鍵が閉まっていた理由は述べられているようですねえ」

米沢が読み上げ終えると、右京が言った。

「でも極めて不自然ですよ」

尊の言葉に頷いた右京は、現場の写真を指しながら、その違和感の根拠を説明した。すなわち、部屋の鍵を探すのならば普通は瑛子のバッグを探すはずである。実際リビングの椅子に置かれていたバッグの中には鍵が入っていたのに、それを素通りして机の引き出しの合鍵を発見したというのはおかしい、と。米沢がそれに同意した。

「綱嶋瑛子さんがいつも使っていた鍵は部屋の中にあったのに、犯人逃走後玄関の鍵が閉まっていた。その理由を無理やり作ったとしか言えませんねえ。その証拠に、部屋から持ち去った合鍵を城戸が所持していなかった理由として、このように述べてますね」

〈合鍵をいつまでも持ってるのは危険だと思い、私は鍵をゴミ収集車の中に投げ入れました。〉

結局、城戸が部屋から持ち出したとされる合鍵は発見されていなかった。ゴミ収集車の中に投げ入れたとなれば、最終的に行き着く先は夢の島である。鍵が発見できなくても仕方ない理由を無理やりこしらえたとしか思えない。また、指紋が付いていた凶器を部屋に残したまま逃走した理由については、次のように述べていた。

〈途中で凶器を部屋に残したままだったことに気づきました。咄嗟に用いた凶器だったのでうっかりしていたのです。指紋が付いているのでヤバいと思いましたが、もうどうすることも出来ませんでした。〉

　その部分を読み上げた米沢は正直な感想を漏らした。

「残念ながら典型的な作文と言わざるをえませんなあ。警察が現場検証で得た事実と辻《つじ》褄《つま》が合うように、被疑者の供述を誘導した」

　それを首肯した右京が付け加えた。

「最も疑問に思うのは、綱嶋瑛子さんが簡単に城戸充を部屋に引き入れている点です。部屋に上がらせたりはしないと思いませんか？」

　尊が頷く。

「相手が相手ですからね」


　特命係の小部屋に戻ってきたふたりは、供述調書の写しを前に検討を続けた。

「思いがけず捜査資料が手に入りましたが、さて、どうやって城戸の冤罪を証明しましょうかね」

　尊の戸惑いを受けて、右京はきっぱりと宣言した。

「真犯人を見つけますよ。それこそ冤罪を証明する最上の手段ですからねえ」

「確かに。だから、どうやって」

右京が答える。

「この供述調書が警察の誘導によるデタラメだとします。となれば城戸充が綱嶋瑛子さんを訪ねたのも嘘なら、彼が撲殺したことも当然、嘘。部屋で合鍵を探したことも、その合鍵をゴミ収集車に投げ入れたことも嘘です。が、たったひとつだけ本当のことが書かれています」

そこで右京は尊に謎掛けするような視線を投げた。尊が答える。

「指紋の付いたブロンズ像」

「ご名答。この城戸充の指紋の付いたブロンズ像。これが凶器であり部屋にあったことは、紛れもない事実です」

「まあ、そこを起点に調書を作成したんでしょうから当然ですよね」

尊が穿《うが》った意見を付け加えた。

「このブロンズ像は城戸充からの贈り物でしたねえ。宅配便で綱嶋瑛子さんのもとへ届けられたものです。その点に着目すると、ぼくにはちょっと違った景色が見えてくるんですよ」

「違った景色？」

尊が首を捻《ひね》ると、右京は「ええ」と確信に満ちた表情で頷いた。

その〈違った景色〉を確かめに訪れたのは、若林のところだった。

「城戸充から届いた荷物を預かって綱嶋瑛子さんに届けた。そんなことはありませんか？」

尊が単刀直入に訊ねると、若林は一瞬考えてから否定した。

「ないね。なんでそんなこと訊くの？」

怪訝な顔の若林に、右京が即答した。

「もちろん、城戸事件の冤罪を証明するための重要なポイントだからですよ」

「そんなことで何がどう証明できるのかわかんないな」

嘲笑《ちょうしょう》口調の若林に、右京が突然別の話題を振った。

「ところで、損失の二千万は取り戻せましたか？」

「余計なお世話だね」

不愉快極まりないという顔の若林に、右京が重ねた。

「ああ、失敬。しかしお父様はいろいろご心配のご様子でしたよ」

若林は険しい目つきで右京を睨んだ。

「親父《おやじ》に会ったのか？」

「ここへ来る前にお目にかかってきました」

右京がやんわりと笑みを浮かべた。

若林の父親、若林文悟《ぶんご》は痩せ型の息子と裏腹に、恰幅《かっぷく》がよく豪快な印象を与えた。その文悟に息子のことを訊ねると、吐き捨てるように言った。

——あいつのことなんか知らないよ。もう長いこと会ってないんだ。家にも寄りつかないしね。

右京が最後に会ったのはいつか、と訊ねると、確か借金の清算に来たときだ、と答えた。

——借金の清算？

尊が聞き返した。

何かというと親から借金して暮らしていた若林は、その折に利子も込みだと言って一千万を置いていったという。

「お父様のご記憶によれば、あなたが借金の清算にみえたのは平成九年の年末頃だったそうですね」

右京に続けて尊が、

「景気よくポンと一千万円置いて帰ったそうですね」

と疑いの目を向けると、若林は斜に構えて言った。

「株で儲けたんだよ」

「ええ、お父様もそのように聞いてるとおっしゃってました。ちなみに平成九年といえば城戸事件の翌年ですねえ」

　右京の含みのある言葉に、若林は舌打ちをした。

「だからなんだよ？」

「株で儲けるには当然元手が必要です。ましてや千万単位で儲けを出そうとすれば相当額の元手が。当時のあなたはその元手をどうやって工面なさったのでしょうかねえ？　たとえばどこからか大金の転がり込むようなことでもあったのでしょうかね？」

　右京の質問には答えることなく、若林は立ち上がり、

「ねえ、もう帰ってくれるかな？　こんなふうに押しかけられると迷惑なんだよね」と厄介払いをするように奥に声をかけた。「由香恵！　お客さんお帰りだよ。由香恵！」

　戸惑う由香恵に、さらに若林は荒っぽく命じた。

「もう家に上げるなよ」

　仕方なく退散する右京と尊に、由香恵は申し訳なさそうに頭を下げた。

七

　特命係の小部屋に戻ったふたりは今まで得た情報を整理してみることにした。

「きみ、お上手ですねえ」

ホワイトボードに尊が描いた、事件に関係する人物の似顔絵を右京が褒めると、尊は「あっ、いや……」と照れくさそうに謙遜《けんそん》した。

「池上さん、益子さん、釜田さん、大森さん。この四名が事件の翌年、平成九年三月末付けで退職しています。なぜでしょう？」

右京が絵を指示棒で指しながら言った。

「なぜって、どうせ自分の中では答えが出てるんでしょ？」

尊が突っ込むと、右京は笑みを浮かべた。

「皆さん一時的にお金が必要だったのではありませんかねえ。しかも、それなりにまとまった金額が」

「退職金ですか？」

右京が頷いた。

「ええ、ではなぜ退職金が必要だったのでしょう？　言い換えれば、なぜ職を辞してまでお金をこしらえなければならなかったのか？」

そこで右京は城戸の似顔絵を指示棒でバシンと叩いた。

「城戸充が無実だったと仮定すると答えが導きやすくなります」

「脅迫ですか？」

尊が意外そうに声を上げる。右京がさらに問う。

「この四人を、誰が脅迫するんですか？」

「真犯人ですよ、もちろん」

生徒から正解を得た教師にも似た態度で右京が嬉しそうに頷く。

「そのとおり。この四人はそれぞれ城戸充を逮捕送検し、起訴し、有罪判決を下した人たちです。真犯人の出現は自らが冤罪を作ってしまった事実を知らされる、衝撃的な出来事だったに違いありません。さて、ここでこの四人とは一見接点のなさそうな人物が気になってきます」

「こちら」

深く頷いた尊がホワイトボードの絵を指す。

「そう、若林晶文氏。彼は平成九年に株で大金を儲けています。しかもその金額からかなりの元手を持っていたと推測できます」

「つまり若林晶文が真犯人で、彼が四人を脅して金をせしめた」

尊の解答に、右京はわずかに首を傾げた。

「えっ？」

「四人を脅したかどうかはわかりません」

「ぼくの考えはこうです。若林はこの四人のうちの誰かひとりを脅迫した。しかもその際にかなりの金額を要求したのではありませんかねえ。それはとてもひとりで賄《まかな》える金額ではなかった。退職金といっても、まだそれほど莫大《ばくだい》な金額の出る年齢ではありませんからね。そこで脅迫された一名は、自分以外の関係者、つまりあと三名も引き入れた。すなわち責任を分散する形ですよ」

右京は自分の論理に頷きながら、意味深な笑みを浮かべた。

そのころ、刑事部長室では参事官の中園照生《なかぞのてるお》が刑事部長の内村完爾《うちむらかんじ》に奇妙な報告を上げていた。

「なぜ今頃になって女房が来たんだ？」

内村が仏頂面で問い返す。先ほど由香恵がある証言を持って捜査一課を訪ねてきたというのである。

「はあ、伊丹たちの話によると、特命係がこの件をついているらしく……」

特命、と聞いて内村の仏頂面はますます険しくなった。

「どういたしましょうか。われわれも動いたほうがよろしいでしょうか？」

この、どちらかというと避けて通ったほうがよさそうな厄介な懸案について中園が揉み手で伺いをたてると、内村は意外な指示を出した。

「動かんでどうする」

「はい？」

「もし過去に過ちがあったら改めなければなるまい」

「いや、しかし……」

中園が言葉に窮《きゅう》していると、内村はいつもの内村らしくない正論を吐いた。

「いつまでもミスを犯して謝らん警察じゃいかんだろう」

「あ、おっしゃるとおりです」

中園の腰がますます低くなる。

「冤罪なら冤罪で結構じゃないか。ただし、それを暴くのが特命係であっては困る」

「はあ」

「われわれの手できちっとした結果を出すんだ。今はね、そういう襟《えり》を正す態度が国民にウケるんだよ」

「ああ、はあ……」

戸惑いを隠せない中園に、内村の言葉が飛ぶ。

「もし冤罪だったら、君が会見で素直に謝ればいいじゃないか」

「私が、ですか？」

解《げ》せない顔つきの中園を、内村がじろりと睨んだ。

「私に謝れというのか？」

「あっ、いいえ……はっ、はい！」

不承不承、中園は頭《こうべ》を垂れて引き下がった。


特命係の小部屋では、捜査一課の三浦信輔と芹沢慶二が、由香恵が今朝方来庁した件を右京と尊に伝えていた。それは城戸事件にとって、ある意味決定的な証言だった。由香恵によると、新婚当初、若林が時おりうなされていることがあった。寝言で〈悪かった、殺すつもりはなかった〉と言っていたりもした。当時は変な夢でも見ているのだろうと気にも留めなかったが、もしかしたら若林が瑛子を殺したのではないかと怖くなってきた、というのだ。

「おふたりで若林さん宅を訪問したでしょ？　それで奥さん、昔のことを思い出したらしくて」

芹沢が特命係のふたりにさぐりを入れる目つきをした。三浦はホワイトボードを指して率直に言った。

「そんなわけで現時点で摑んでる情報をいただきにあがったんですがねえ。結構、進んでるようじゃありませんか」

「ご要望とあらば、ご説明しますよ」

右京がホワイトボードの前に立った。

一方、同じく捜査一課の伊丹憲一は、課の同僚だった池上の事務所を訪ねていた。池上はしばし考えてから言った。

「ぶっちゃけ冤罪だったかもしれねえな」

「何？」

「酒井さんの取り調べがいつになく強引だったことを覚えてる。答えを誘導しまくってた。酒井さんらしくねえなと思ったよ」

「定年が迫ってて焦《あせ》ってたのか」

伊丹が訊くと、池上は頷いた。

「たぶんな。まあ、凶器から指紋が出てたからはっきり無実《シロ》とは言い切れねえけど、ちょっとヤバいなって感じはあったな」


特命係の小部屋で右京から説明を受けていた芹沢は、首を傾げながら質問した。

「じゃあ、仮にですよ。若林晶文が真犯人だったとして、その場合犯行の手口についてはどういうふうに考えてるんですか？」

「凶器のブロンズ像は城戸充からの贈り物でした。宅配便で綱嶋瑛子さんの部屋に届けられたものです」

「それは聞きました」

頷く芹沢に続けて三浦がおさらいする。

「しかし綱嶋瑛子さんは昼間不在なので、管理人だった若林晶文が配達人から預かった……ですよね？」

「そのとおり。では若林晶文は、預かった品物をどうしたでしょう？」

また教師に似た態度で右京が投げかけた質問に、芹沢が答える。

「綱嶋さんのところへ届けるでしょうね。帰宅した頃を見計らって」

右京がそれを受ける。

「当然そうしますすねえ。しかし綱嶋瑛子さんは品物を受け取ったでしょうか？」

「えっ？」

意外な設問に聞き返した芹沢に、右京はその答えを述べた。

「ぼくは綱嶋瑛子さんが受け取りを拒否したと思うんですよ。だって、そうじゃありませんか？　さんざん嫌な目に遭わされた相手から届いた品物ですよ。受け取らないほうが自然ですよ。つまり若林は、品物をいったん持ち帰ったと考えられるわけです」

「持ち帰って、で、どうしたんですか？」

芹沢がその先を急かす。

「普通ならば配達人に連絡して品物を返しますねえ。しかし若林はそうはしませんでした。利用できるかもしれないと考えました。もちろん綱嶋瑛子さん殺害にですよ。動機はまだ不明ですが、もしなんらかの理由で綱嶋瑛子さんを殺したいと考えていたとしたら、差出人が男性名で届いた品物を受け取り拒否した綱嶋さんに興味を持つんじゃありませんかねえ。そこで若林は品物に自分の指紋がつかないように注意しながら、こっそり中身を確かめたんです。品物には差出人の指紋がついているかもしれませんからねえ」

「その指紋をあわよくば殺害に利用しようってことですか？」

三浦が確認するように呟くと、尊がそれを受けた。

「案の定、ブロンズ像には送り主である城戸の指紋がついていて、それが決定的な証拠になったわけです」

右京が自分の心証も含めてその根拠を挙げた。

「そもそもぼくは、綱嶋瑛子さんが受け取るはずのないブロンズ像があの部屋にあったことに違和感を覚えるんですよ。しかし確かにブロンズ像はあの部屋で発見された。つまり何者かがブロンズ像をあの部屋に持ち込み、それを凶器として綱嶋瑛子さんを殺害したわけです。しかし、その何者かが城戸充であるとは考えづらい。彼が綱嶋瑛子さんの部屋に上がり込むのは至難の業ですからねえ。仮に留守を狙ったとしても、玄関の鍵を壊さなくてはなりません。ですが、鍵が壊れていた痕跡はありませんでした」

「だから若林晶文か……」

三浦がホワイトボードの似顔絵を指した。右京が頷いた。

「ええ。彼は合鍵を常備しています。おそらく綱嶋瑛子さんの留守を狙って部屋に侵入し、綱嶋瑛子さんが帰宅したところを襲ったんじゃありませんかねえ」

八

捜査一課の伊丹、三浦、それに芹沢は勇んで若林の自宅を訪れた。

由香恵が玄関を開けると、三人は警察手帳を示して名乗り、リビングを覗いた。

由香恵が来客を告げると、リビングの椅子に座っていた若林がゆっくりと立ち上がって玄関に出てきた。

「取っ換え引っ換えしつこいな、警察も」

睨みつける若林に、三人が代わる代わる任意同行を求めた。わずかに考えた後、意外にも若林は意を決したように同意した。

「いいよ。いい加減決着つけようじゃないか。ちょっと待ってて」

若林はいったん奥に戻り、外出の準備をして出てきた。

「さてと……お望みどおり決着をつけますか」

取調室に入れた若林を、伊丹が睨《ね》め付ける。

「よく素直に任意同行に応じましたね」

マジックミラー室でその様子を見ながら尊が脇の右京に囁いた。

若林はひとつ大きなため息を吐くと、口を開いた。

「あんたたちは俺が綱嶋さんを殺したと思ってんだろ？」

先制攻撃をかけられ、若林の正面に座った三浦はワンテンポ置いて訊いた。

「まあ、実際のところどうなんですかね？」

ところがあろうことか、若林はあっさりと認めたのだ。

「そのとおりだよ」

「えっ？」

三浦は伊丹と芹沢と顔を見合わせた。

「俺がやった。いいだろう？　これで」

若林は居直って椅子にふんぞり返った。伊丹がひとつ咳払いをして訊ねた。

「どうして素直に言う気になったのかな？」

若林は伊丹を睨み返した。

「追いかけ回されんのはたくさんだよ。正直に言わなきゃしつこいだろ、あんたたち。もう降参だよ」

「じゃあ、なんで殺した？　動機はなんだよ？」

三浦が詰め寄った。若林が語りだした。

「あの女、人を痴漢みたいに言いやがって。美人だったから目を引くのは確かだけどさ。ハッ、自意識過剰だ」

朝、玄関先で掃除をしている若林に出合い頭、瑛子は「いやらしい目で見ないでください」と蔑《さげす》むような目で見たのだという。

「それで殺したの？」

芹沢が訊ねると、若林は鼻を鳴らした。

「バカ言え。人生の邪魔されたからだ」

それは管理人を務めながら受けた大手会社から、不採用通知を受けたことを指していた。

「筆記は完璧だった。最終面接までいった。手応えがあったんだ。受かるはずだった。それが、まさかの不採用だった」

その原因が瑛子にあるというのが若林の認識だった。採用にあたっての身辺調査で、瑛子が若林に不利な発言をしたというのだ。

「その証拠は何かあんのか？」

三浦が訊ねると、若林は怒りも露《あら》わに言った。

「善良な管理人を痴漢呼ばわりするような女だぞ」

伊丹が舌打ちをすると、芹沢も呆れ果てたように訊いた。

「とにかく、それで殺そうと思ったわけね？」

「チャンスがあればね」

「あったんだ？」

重ねて芹沢が訊ねる。

「ああ。あの女、ストーカーに遭ってたろ？」

「知ってたの？」

若林は芹沢に頷いた。

「管理人だからね。居住者にはいろいろ目配りしてたさ。いい気味だと思ってたんだけど、いつだったかな？　あの女宛《あ》ての荷物が、不在だっていうんで俺んとこに届いてさ」

「城戸充の荷物だよな？」

その芹沢の質問も若林は肯定した。

「そう、夜になって部屋に届けてやったら、あの女、受け取りを拒否しやがって、ふざけんなって言うんだよ。でも俺、その荷物にピンときちゃってね。〝ああ、こいつが噂《うわさ》のストーカー野郎か〟って。部屋戻って荷物開けたらブロンズ像でね。こいつはおあつらえ向きだなと思ってさ。その二、三日後だったかな……」

マスターキーで部屋に入っていた若林は、瑛子が帰ってくるのを待ち構えてブロンズ像で撲殺したのだった。


「恐喝については全面否定でした」

若林を送検したあと、右京と尊に出会った三浦が話しかけた。

「そのようですねえ」

「警部殿はどう思います?」

伊丹の質問に、右京はしれっと答えた。

「何がですか?」

「この流れですよ。一連の流れ」

「あなたは、どう思いますか?」

逆に訊かれて伊丹は舌打ちをした。

「何か裏がある」

「同感です」

右京は険しい表情ながら、さらりと答えた。

九

非常にスムーズに送検され、公判に至った若林だったが、その初公判の場で、衝撃的な振る舞いに出た。訴状について全面的に否認する、と堂々と宣言したのだった。自分の自供は警察の取調室という密室で強要されたものだと言い切ったのだ。

そのひと言で、裁判所の傍聴席は異様なざわめきを起こした。

「公判で否認に転じる……城戸充の時と同じ展開ですね」

裁判を傍聴した後、尊は、共にいた右京と判事の菜々美と近くの公園のカフェでお茶を飲みながら、ため息まじりに言った。右京がそれに応じる。

「ええ、警察で自供をし、起訴後否認に転じたということでしょうねえ。しかし、城戸充の場合は凶器の指紋という物的証拠があった上で起訴されましたが、今回はほぼ本人の自白のみです。自白の任意性、合理性が、今後争われることになりますねえ」

「そうなりますね」

菜々美が深く頷く。

「いや、でも本人、率先して白状してましたよ」

尊はマジックミラー室で見た情景を脳裏で反芻《はんすう》した。右京はそれに反証を述べた。

「それを証明できますか？　何しろ録画も録音もあるわけじゃありませんからねえ。自白は強要されたものだという主張を打ち破る手立てがありません。そうなって主張が平行線を辿《たど》った場合、判決はどうなりますかねえ」

法律のプロフェッショナルである菜々美がそれを受けた。

「今は自白偏重を是正しようという気運が高まってますから」

「つまり昔に比べて無罪判決の出る可能性が高い？」

右京の言葉に菜々美が同意した。すると右京は眼光鋭く宙を見据えた。

「おそらく彼の狙いはそれですよ」

「狙いって？」

尊が聞き返す。

「無罪を確定させることです。そのために若林は、わざわざ捕まって裁判を受けたんです」

「一事不再理」菜々美が法律の専門用語を呟きそれを右京に問う。「それが狙いだと？」

「そう。〝何人《なんぴと》も同じ罪で二度と裁かれることはない〟。無罪が確定すれば、仮にその後どんな証拠が出てこようとも、彼を綱嶋瑛子殺害の罪で裁くことはできませんからねえ」

「でも確実に無罪を確定できる保証はないでしょ？　リスキーな賭けですよね」

尊が穿った意見を述べると、右京は微笑した。

「彼は賭け事が得意じゃありませんか……まあ、それは冗談ですが。当然、リスク回避のための二の矢は仕込んでいると思いますよ」

右京の言葉通り、第二回の公判で証人台に立った由香恵が見事その二の矢の役を果たした。公判検事に夫、若林晶文が過去に殺人を犯したという疑いを抱いたきっかけを訊ねられた由香恵は、長く沈黙を守った後、震えながらその場で土下座をして、

「申し訳ありません！　嘘なんです！　全部嘘でした！　主人と大喧嘩して、その腹いせにデタラメ言いました！　すみません！　ごめんなさい！」

と泣きながら謝ったのだ。

その数日後、益子、池上、釜田、それに大森という退職組が高級な中華料理店に集まって、前祝いにも似た会食をしていた。

「出ますよ、無罪判決」

益子が含み笑いをした。

「出てもらわなきゃ困りますよ」

池上がテーブルに置かれた大皿から前菜を取りながら言った。

「しかし、大した女房ですね。あんな役割よく引き受けたもんだ」

釜田が半分感心し、半分呆れたように言うと、大森がそれをたしなめた。

「他人事みたいによく言うね。引き受けさせたのはわれわれですよ」

「愛情でしょう。亭主を愛すればこそ。フフッ……女は偉大だ」

池上が笑うと、大森が詰まらなそうに言った。

「バカげてる」

「でもそのバカげた絵図を描いたのは先生ですよ」

池上の言う通りだった。彼のもとにビビって相談に来た若林に策を請《こ》われ、皆で相談した席で大森が一事不再理を狙おうと提案したとき、他の三人は驚いたものだった。

「奴が自供《オチ》たらわれわれも無事ではいられない」

釜田が真剣な表情になった。

「少々乱暴な策でしたが仕方がない」

益子がグラスを傾けると、大森は膝の上に敷いたナプキンをテーブルに叩き付けるように置いて、

「なんで今頃、こんな目に遭わなきゃならないんだ」

と憤然とした顔をした。

一方、警視庁の刑事部長室では、伊丹、三浦、芹沢を前に並べて内村が呆れ顔をして

いた。

「女房にいいように踊らされたわけか」

「あの女、虚偽告訴でしょっ引いてやります」

伊丹が憎々しげに言うと、脇にいた中園が厳しい口調でたしなめた。

「虚偽告訴が成立させられるのか」

「告発というよりも相談だったような……」

芹沢が自信なさそうに呟く。

「いずれにしても無駄なことはやめておけ。恥の上塗りをするだけだ」

内村が釘を刺すと、三浦が弁解した。

「いや、しかしわれわれは決して自白を強要などしておりませんので！」

その発言を無視するかのように、内村は中園に向かって訊いた。

「取り調べの可視化は必要かな？」

「はい？」

「刑事はいつの世にも適正な取り調べだったと言うが、何しろ密室の中のことだ。全面的には信用できん」

捜査一課の三人は頭を垂れた。

由香恵の大芝居が功を奏して、やはり無罪の判決が下された。ざわめく傍聴人のなか、裁判室を出たところで菜々美が右京と尊に言った。

「妥当な判決だと思います」

「ええ」

右京が頷く。

「検察は控訴するでしょうか？」

尊が問う。

「メンツがありますからねえ」

右京に続いて菜々美が答えた。

「でも、新たな証拠でも出ない限り逆転有罪は厳しいと思いますね」

「あなたがもし担当検事だったらどうしますか？」

右京が菜々美に訊ねると、菜々美は即答した。

「もちろん断念します」

「あっさり負けを認めると？」

尊が訊くと、菜々美は明快な答えを出した。

「メンツのために時間と税金を無駄にするのはバカげてます」

その日の夕刊では各紙が大きくこの判決を伝えていた。

「おい、無罪が確定しちまったな。見ろよ、なかなか洒落《しゃれ》た見出しだぞ。〝冤罪の上塗り　警察の勇み足〟だとさ」

特命係の小部屋に角田が新聞を持って入ってきた。

「民事で真相を暴くっていうのはどうですか?」

尊が新しい案を持ち出した。

「確かにひとつの方法ではありますがねえ」

右京が浮かない顔をする。

「じゃあ、綱嶋瑛子の遺族に提訴を打診してみますよ」

「きみがそうしたいのなら任せますが、おそらくその辺りも織り込み済みの計画だったのではないでしょうかねえ」

「織り込み済みって?」

尊が訊ねる。

「一事不再理を利用しようなんて、若林が単独で思いつくはずがありません。おそらく例の四人が後ろで糸を引いているのでしょう。事前の調査で民事訴訟の可能性はほぼないと判断して、今回の計画に踏み切ったのではありませんかねえ。加えて言うならば仮に民事訴訟を起こしたとしても、何か強力な証拠でも示さない限りまた負けですよ」

その遣り取りを聞いていた角田が、

「だったら諦《あきら》めるか」

と声をかけると、右京が聞き返した。

「はい？」

「もはや打つ手なし。そういうことだろ？　さすがのあんたも今回ばかりは諦めるしかない」

そんな角田をジロリと見た右京は、

「ぼくが諦めると思いますか？」

そう言って宙を睨んだ。


翌日、尊は早速、瑛子の遺族に会いに行った。両親はすでに他界しており、兄弟もいないということもあるが、それほど縁の濃くない遺族は、ややこしいことには関わりたくない、の一点張りだった。

その報告を聞いた右京が言った。

「裁判を起こすとなればそれなりの覚悟がいりますからねえ。しかも民事の場合、負ければ訴訟費用など負担も大きい。他に親類はいらっしゃらないんですか？」

「東京近郊にはいませんね。ああ、北海道には遠い親戚がいるようですけど……杉下警部の言ってたとおり、その辺り織り込み済みだったようですね」

「どうします？　北海道へ行って交渉してみますか？」

右京が訊くと、尊が逆に質問した。

「うーん……それより警部の次の一手に期待してますけど。あるんでしょ？」

十

「もう言うのはこれでよしますけど、ちょっと強引すぎやしませんか？」

若林の自宅に向かう車のなかで、ハンドルを握りながら尊が心配そうに言ったが、右京は物ともしない顔だった。

「そもそも向こうが強引な真似をしてるんです。こちらが多少手荒な真似をするのは致し方ありませんよ」

同様に、後方からついてくる車のなかでも、三浦が伊丹に苦言を呈していた。

「おまえ、杉下警部にいいように踊らされてるぜ」

「フン、こうなりゃいくらだって踊ってやるよ」

やや捨て鉢気味に伊丹が息巻くと、運転している芹沢は、さらに後方の車をバックミラーで確かめて、顎でしゃくった。

「あの人も物好きだよなあ」

三浦が振り返ると、鑑識課のワゴン車をひとり運転している米沢の真剣な表情が見えた。

「なんなんですか?」

玄関先に立った刑事たちを見て、由香恵は険のある声を上げた。

「ご主人とちょっとお話を」

まず尊が用件を伝えると、

「話すことなんかありません。主人は人殺しなんかじゃありませんよ!」

由香恵はきっぱり拒絶した。

「ここじゃなんなんで、中入れてもらえませんか?」

ドアチェーンのかかった扉に、伊丹が手をかけた。

「お断りします」

由香恵が扉を閉めようとすると、伊丹が片足を挟んで押さえた。

「チェーンカッターある?」

伊丹が振り向くと、米沢が応じた。

「ありますけど、持ってきましょうか?」

「どうします?」

訊かれた由香恵は目を吊り上げた。

「そんなことが許されるんですか⁉」

「許されるわけないでしょう？　だから手荒な真似させないでくださいよ。ご主人とお話ししたいだけなんですから！」

伊丹は扉の隙間から奥を覗いて、そこに立っている若林に聞こえるように大きな声を出した。

「話ってなんだよ」

若林が訊ねると、伊丹は由香恵の頭越しに言った。

「中入れてくださいよ。面と向かって話しましょうよ」

「入りたいんなら入ってこい」

玄関口に出てきた若林は自分の手でドアチェーンを外した。

「あなた……」

由香恵が心配そうな顔で見ると、若林は自信ありげに、

「大丈夫だよ。こいつらもう俺に手出しはできない」

と頷いた。

リビングに通し、刑事たちに囲まれた若林は睨みをきかせた。

「おまえらヤクザかよ。謝りに来るのが筋ってもんじゃねえのか。それとも謝りに来た

のか？」

三浦がそれに答える。

「もう一度、ご足労願えないかと思いましてね」

「は？　どこへ？」

若林は馬鹿にしたようにとぼけた。

「警視庁ですよ、もちろん」

芹沢が言うと、若林は嘲笑《あざわら》って隣に座っている由香恵を見た。

「ハッ、こいつらおかしいね。容疑はなんだよ。殺人か？　俺を殺人で引っ張れるのかよ」

「引っ張れませんね。無罪が確定していますから」

「フッ、だろ」

答えた右京を、若林は得意げに見やったが、次の右京の言葉に表情を変えた。

「しかしぼくは十五年前の網嶋瑛子さん殺害事件は、殺人事件ではなかったと思ってるんですよ」

「なんだって？」

「神戸君、確認します」

右京と尊はリビングの奥の壁に掛かっている絵の前に立った。

「この絵は間違いなく、綱嶋瑛子さんの部屋にあったものですね？」

右京が絵を指すと、尊は深く頷いた。

「はい、間違いありません」

「米沢さん、お願いします」

右京に呼ばれた米沢は、「承知しました」とカメラを取り出して絵を撮影しはじめた。

「おい……おい、何してんだよ！」

それを見て慌てた若林が椅子を立ってやってきた。

「ご覧のとおり写真を撮ってるんですが？　言うなれば、まあ証拠写真といったところでしょうかねえ」

米沢が飄々《ひょうひょう》と答えた。

「証拠写真だと？」

若林が気色ばむ。

「綱嶋瑛子さんが殺害され、部屋にあった絵が今ここにある。ひょっとしてこれは殺人事件ではなく、強盗致死事件だったのではありませんかねえ。つまり、あなたはこの絵を奪おうとして、綱嶋瑛子さんを殺してしまった」

「違います」

右京の言葉を聞いて由香恵も血相を変えた。

「何言ってんだ？　あんた」

若林が右京に詰め寄る。

「その絵はあたしが瑛子から……」

由香恵の訴えを右京が引き取った。

「ええ、もらったものだとおっしゃってましたが、それを証明できますか？」

右京に訊かれて由香恵は言葉を詰まらせた。右京が続ける。

「綱嶋瑛子さんはもうこの世にいない。もらったものだとあなたはどうやって証明しますか？」

「証明って……」

由香恵はうろたえた。

「しかも仮にです。あなたがもらったものだと主張したところで、果たして信じてもらえるでしょうかねえ。嘘をついて警察や検察、裁判所までも翻弄《ほんろう》したあなたの言葉を」

右京に痛いところを衝かれると、由香恵も返す言葉がなかった。

「というわけで、強盗致死事件について改めてお話を伺いたいんですよ」

伊丹が仕切り直した。

「ちなみに言っときますけど、殺人罪同様、強盗致死罪の時効も廃止されてますからね」

芹沢が付け加えると、若林は舌打ちをして怒鳴った。

「言い掛かりだ、そんなの！」

そんな若林をなだめるように、尊が進み出た。

「まあまあ、そう興奮しないで。実はあなたに耳寄りなお話があります」

「耳寄りな話？」

若林が睨んだ。

「でもここじゃあ言えない。取調室という密室の中でしか言えない内緒話」

「ふざけるなよ、誰が行くもんか」

「取引しませんか？」

尊が若林の耳元で囁く。

「取引⁉」

若林が声を上げると、尊がそれを制した。

「シーッ！　内緒話って言ってんだろ」

十一

若林が再び引っ張られたという情報は、大森、池上、益子、釜田の四人の耳にもいち早く飛び込んできた。それが強盗致死容疑と聞いて、四人は面食らっていた。

一方、警視庁の取調室では、若林を前にした右京が静かな口調で取引について説《と》いていた。

「ぼくはあなたが池上たちを恐喝したと睨んでいます。そして、彼らからせしめたお金を元手に株で儲けたと。過去のそういう経緯からあなた方は呉越同舟《ごえつどうしゅう》ですから、今回彼らはあなたをサポートし危機から救ったわけですね。違いますか？　もしあなたが過去の恐喝をお認めになれば、強盗致死容疑は撤回しましょう。つまりそれが取引です」

「認めなかったら？」

若林が聞き返してきた。尊がそれに答える。

「あんたは強盗致死容疑で逮捕され、起訴されてまた裁判になる。恐喝の時効はとっくに過ぎてるから、あんたがそれを認めても罪に問われるようなことはないよ、念のため」

右京が続ける。

「あなたは綱嶋瑛子さん殺害の真犯人であることを盾に、彼らを恐喝した。彼らは冤罪を隠蔽《いんぺい》するために、あなたの要求をのんだ。そうですね？」そこまで穏やかな口調だった右京が、黙している若林を見て、「はっきりなさい！」と厳しい叱責《しっせき》を浴びせた。

体をビクッと震わせた若林は自棄《じき》的に、

「ああ、そうだよ」

と認めた。

「いくら要求したんですか？」

右京が訊ねた。

「一億」

「とてもひとりで払える額ではありませんねえ」

右京が呆れ顔をした。

「池上もそう言ってたよ。そんなこと知らねえって言ってやったら、奴が仲間を探してきたんだ」

「益子、大森、釜田の三名だな」

尊が訊ねると、若林は首肯した。

「ああ。認めたんだよ、約束は守れよ」

「ええ、もちろんですよ。強盗致死容疑は撤回しましょう」

右京は穏やかに答えた。

右京は高層ビルの上階にあるティールームに、池上、益子、大森、釜田を呼び出し、若林が恐喝を認めたことを伝えた。

「わざわざ、くだらない話で呼び出すなよ」

釜田が斜に構えた。

「くだらなかったですか?」

右京が四人の顔を見比べた。

「おまけに、バカバカしい」

大森が吐き捨てた。

「そうでしょうかねえ」

次いで池上が右京を睨みつけた。

「素人《しろうと》の無知につけ込んで証言を引き出したつもりだろうが、そんなもんで俺たちはビクともしないよ」

「そもそも強盗致死で若林を起訴するなんて不可能だ。そんな屁理屈に検察がつき合うはずがない」

益子もふんぞり返って馬鹿にしたように言った。

「あくまでも若林に金を渡したことを否定なさいますか」

右京が確かめるように四人の顔を見た。四人はそれぞれ首を振った。

「この期に及んで贖罪《しょくざい》のお気持ちはかけらもないようですねえ」

右京は立ち上がって、四人をぐるりと見回した。

「いっそ本当に若林を強盗致死で起訴してみたらどうだね」

益子が言うと、池上が釣られて笑った。釜田が続ける。

「そうだねえ。しょせんはやったやらないの水かけ論だ。そういうのは法廷で白黒つけるのがいい」

「まあ、起訴できるならね」

池上の言葉に、また乾いた笑いが起こった。

「皆さんがそうおっしゃるのならば、法廷で決着をつけましょうかねえ」

右京がそう言うと、それまで黙っていた大森が持ち前の癇癪を起こし、テーブルをバシンと叩いた。隣に座っていた益子がびっくりして飛び上がる。

「できっこないだろう」

しかし右京はひるむことなく続けた。

「ええ、おっしゃるように、若林を強盗致死で起訴することは困難です。しかし刑事がダメでも民事がある」

「何？」

益子が血相を変えた。

「民事訴訟ですよ。皆さんが冤罪を看過したことで被った損害についての賠償請求訴訟なら起こせます。今その準備を進めていますので少々お待ちください。あ、もちろんその民事法廷で若林に証言させます。皆さんが冤罪を闇に葬るために、彼にお金を渡したことを」そこで言葉を切ると、右京は内ポケットから財布を出し、紙幣をテーブルに置いた。「これ、ぼくのお茶代です。では存分に法廷で争ってください」

歩み去っていこうとする右京の背中に釜田が問いかけた。

「誰が原告になるっていうんだ⁉」

右京は振り返り、

「決まってるじゃありませんか。冤罪を訴えて身を投げた城戸充の母親ですよ」

と言い捨ててその場を後にした。

その頃、尊と菜々美は城戸の母親のもとを訪ねていた。

「そこにある神戸尊というのがぼくです」

尊は城戸の遺書を母親の生江《いくえ》に見せたのだった。

「充に手を差し伸べていれば結果は変わりましたか？」

遺書に目を通した生江は、静かに問うた。尊は正直に答えた。

「わかりません。変わっていたかもしれないし変わらなかったかも。ただ、ひとつ確かなことを言えるとしたら、もし今ぼくに十五年前と同じことが起こったら全力で手を差し伸べるでしょう。昔みたいに警察を全面的に信用してませんから。正義なんて簡単に歪《ゆが》められるって知りましたから」

「警察はいつだって過ちを認めませんものね」

　生江はぼそりと呟いた。

「訴訟を起こすのは大変です。煩《わずら》わしい手続きもたくさんあります。でも私たちができる限りサポートしますから」

　菜々美が思いを込めてお願いをすると、生江は城戸の位牌に目をやりしばし考えてから、やがて意を決したように、

「はい。わかりました」

　と頷いた。

十二

「おい！　話が違うじゃないかよ」

　自宅に来た右京を庭に呼び出した若林は、右京に食ってかかった。

「そうでしょうか？　約束はあなたを強盗致死罪で起訴しないことでしたねえ。その約束は守りますすよ」

　しれっと言う右京に、若林が重ねた。

「その代わり、民事法廷で証言しろっていうのかよ」

「被告としてではなく証人として出廷するんです」

若林はビビって言った。

「だってよ、奴らから金を巻き上げたって証言するってことは……」

その後を右京が継いだ。

「ええ、真犯人だと公に認めることですねえ。いいじゃありませんか、認めても。何しろあなたは二度と綱嶋瑛子さん殺害の罪で裁かれることはないんですから」そこで右京は内ポケットからボイスレコーダーを出し、「いいですか、あなたはもう既に終わってるんです」と若林の目前で再生スイッチを押した。そこには取調室で恐喝を認めた際の会話がすべて録音されていた。

「騙したな！」

憤った若林を、右京は切々と諭《さと》した。

「それはお互いさまじゃありませんか。あなたが証人としての出廷を拒否しても、いずれ真相は世間の知るところになりますよ。今はあなたに同情的なマスコミや世論も、掌《てのひら》を返すように変わるでしょう。そうなった時、必ず思いますよ。刑務所にいたほうがずっと楽だったと。自ら償いのチャンスを潰してしまったことを、あなたはきっと後悔するはずです。ところが今、なくしたはずの償いのチャンスが、贖罪の機会が、こうしてまた訪れたんです。選択の余地などありませんよ。あの連中を地獄へ道連れにすることが、あなたに今唯一残された贖罪の道なのですからね。その前にまず奥様に真実を告白なさったらいかがですか？」右京はサッシ窓のほうに目をやった。そこには部屋の中から夫と右京の姿を心配そうに見ている由香恵の姿があった。「未だあなたの無実を信じている、いや、信じたいと思っている奥様に、あなたの口から真実を」

由香恵と目を合わせた若林は、初めて自分の心のなかと、由香恵の心のなかを重ねて、沈痛な面持ちを見せた。

「付き合ってもらって助かりました」

城戸生江のもとから戻る車のなかで、尊が菜々美に礼を述べた。

「いいえ、付き合わせてもらって感謝しています。これで償いの第一歩が踏み出せました。冤罪を作ってしまった関係者のひとりとして」

その冤罪を作った関係者ばかりが集まっている高層ビル上階のティールームでは、右京が去ったあと四人がそれぞれ思案に暮れていた。

「受けて立とうじゃないか！」

大森ひとりが息巻いたが、あとの三人は重い表情で俯《うつむ》いた。

「近いうち、あの四人に訴状が届くはずですよ。もうこれで逃げも隠れもできません」

特命係の小部屋に戻った尊が言った。とそのとき、ティーカップを手にした右京が尊の背後から声をかけた。

「神戸君」

「はい」

「ひとつ、いいですか?」

「なんでしょう?」

「城戸充の裁判の時、きみは証人として出廷したと言いましたよねえ」

証人台に立ち、

〈覚えてろ。いつかひどい目に遭わせてやるからな〉

と城戸が綱島瑛子を脅した時期について公判検事だった釜田から訊かれたとき、尊は城戸に二度目の忠告をした二、三日後と明言したのだった。

「きみの証言内容は城戸充が冤罪だと分かった今、とても奇異に感じられるのですがねえ。一方では脅しながら、一方ではお詫びの品物を送っている。何やら矛盾を感じます。城戸充から脅されたと綱嶋瑛子さんに聞いた時、きみはどうしましたか?」

「どうって?」

右京の鋭い指摘に内心怯えながら、尊は聞き返した。

「三度《みたび》忠告はしなかったんですか? 一度目の忠告は聞き入れられず、二度目は警察手帳まで使って忠告したにもかかわらず、そのわずか数日後、城戸は綱嶋瑛子さんを脅したわけですよねえ。それを聞いたきみは、なんらかのアクションを起こしたと思うのですがね。三度目の忠告をするなり警察沙汰にするなり、いずれにせよきみなら何かしたと思うのですが」

「何もしてませんよ」

尊は正直に答えた。

「何も？」

「はい。お察しのとおり、証言は嘘ですから」

「なるほど」

右京と尊の間に鋭い亀裂が走った。

「立派な偽証罪です」

尊の古傷をえぐり出してしまった右京は、少し厳しい眼差しを尊に向け、緊張を和《やわ》らげるように、いつもの口癖を付け加えた。

「もうとっくに時効ですがね。細かいことが気になってしまう、ぼくの悪い癖」

その夜、都心の一角にある静かなワインバーで、尊は大河内を相手に苦い酒を飲んでいた。

「贖罪か」

大河内が呟く。

「どこまでやれば贖罪になりますかね」

尊が暗い面持ちで訊ねる。

「おまえが有罪にしたわけじゃない」

大河内は慰めの言葉をかけた。

「ですが、嘘をつきました」

「判決に影響が出るような嘘じゃない」

「奴の言い分を微塵《みじん》も信用しようとしなかった」

「誰も信用しなかった」

「犯人と決めつけてた」

「みんなそうだ」

「信じてやるチャンスがあったのに……」

大河内の慰めも聞かず、自分をどこまでも追い込んで行く尊の目には悔いの涙が光っていた。

「今だから思えることだ」

潤んだ目で大河内を見た尊は、告白した。

「奴が憎かった」

「友達が殺されたんだ」

「死刑判決を望んでた」

「当然の感情だ」

尊はワイングラスを一気に呷《あお》り、右京に暴かれた傷に自ら塩を塗るように呟いた。

「警察官だったのに、俺は警察官だったのに……」

同じ夜、いつもの通り細い路地の石段を上って〈花の里〉ののれんをくぐろうと店の前に立った右京は、閉められたシャッターに貼られた閉店のお知らせを見て、寂しげにため息を吐いた。

「ぼくとしたことが……長年の習慣とは恐ろしいものですねえ」

第二話

「逃げ水」

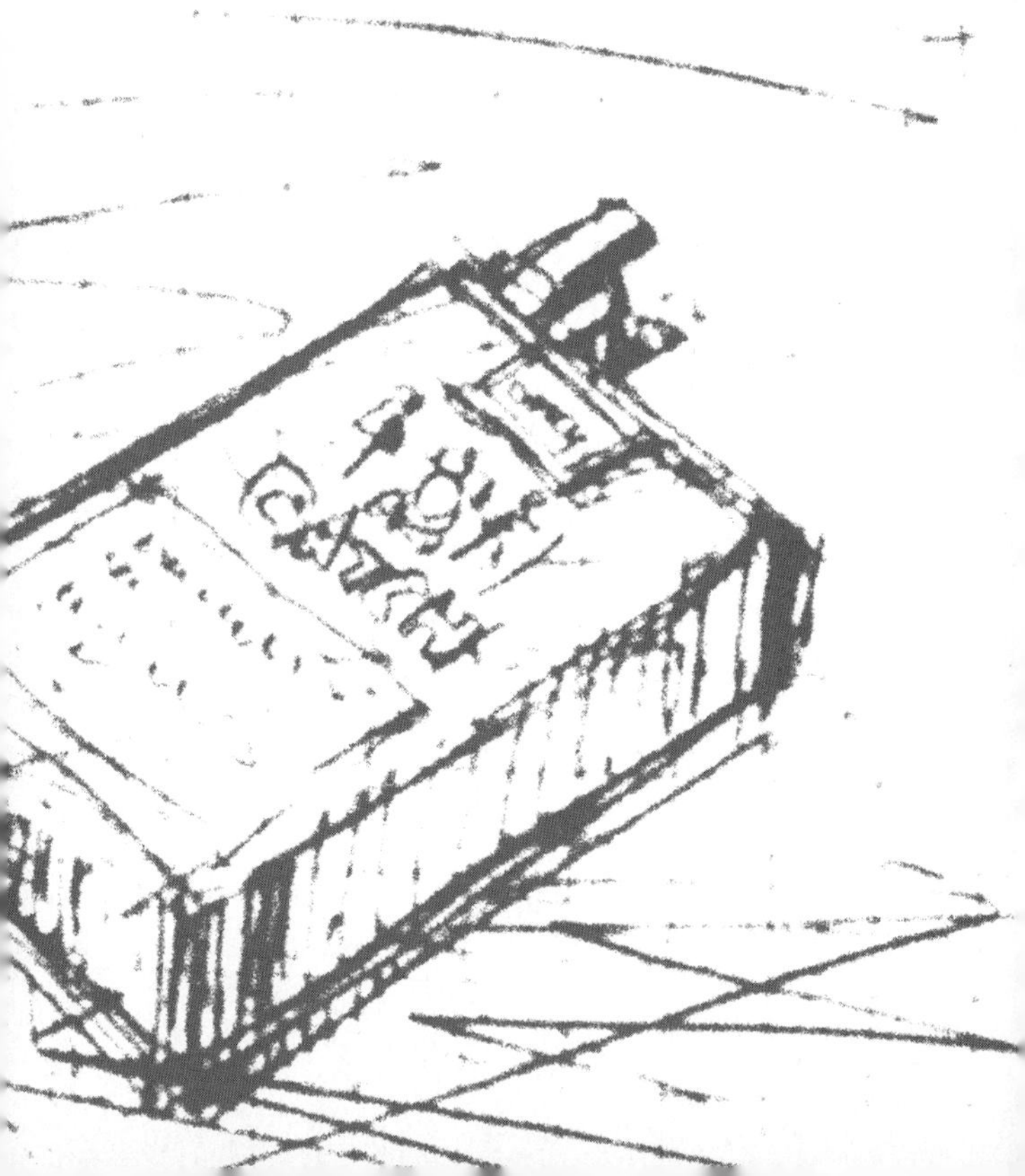

一

暑い。とにかく暑い。今年の残暑は異常を通り越している。もう十月だというのに、このところまるで真夏のような日が続いている。

その暑さにぼやきながら、警視庁捜査一課の伊丹憲一が現場に向かって歩いていた。その隣では、同じく捜査一課の芹沢慶二が滴《したた》る汗をハンカチで拭いていた。

今朝、東京郊外の住宅街を外れた林のなかで、若い男の死体が発見された。見つけたのは近くの住人で、犬を連れて散歩をしている途中でのことだった。

伊丹と芹沢が藪《やぶ》をかきわけて現場に入ってみると、先に到着していた同僚の三浦信輔と鑑識課の米沢守が遺体の脇に立っていた。

うつ伏せに倒れている男は二十代半ばというところか。頭部に殴打《おうだ》された跡があり、携帯電話はなし。財布の中には現金もなく、その他身元を示す所持品は何もなかった。他に特記すべきことは、まとったジャケットの背中に靴の跡が付いていることくらいだった。

「財布は空……物盗《と》りか？」

伊丹が呟く横で、三浦が遺体の脇にしゃがみ、顔をしげしげと覗き込んで、声を上げた。

「おい、こいつ、川北誠也《かわきたせいや》じゃねえか？」

それは五年前のことだった。繁華街裏の路地で、川北はある青年と諍《いさか》いになり、逃げる青年を追いかけた川北が後ろから投げつけたレンガが頭部に命中して、彼は即死したのだった。

その青年の名は新開拓海《しんかいたくみ》。ふたりとも二十歳だったが、面識があったわけではなく、すれ違いざまに目があったのを、睨まれたと思った川北がついカッとして新開を殴り、新開が逃げたので追いかけた、という実に下らない動機での殺人だった。殺害後、川北は逃亡したが、翌日、父親に付き添われて自首してきた。

公判で川北は「追いかけたのは謝らせたかっただけで、あのくらいで死ぬとは思わなかった」と殺意を否認。それに対し東京地裁も「死亡の危険性を認識していた、とまでは言えない」として殺人ではなく傷害致死を認定し、懲役六年の判決を下した。またその三年後、最高裁で懲役五年の刑が確定し、川北は二か月前に満期で出所していたところだった。

鑑識課の部屋では、特命係の杉下右京と神戸尊が、現場から戻ってきた米沢に事件のあらましを聞いていた。そのなかで右京がまず興味を覚えたのは、遺体の背中にあった下足痕《ゲソコン》だった。

「サイズから見て、男物の靴ですな」

米沢は採取した痕跡のフィルムを右京に渡した。

「背中にゲソコンですか」

右京が怪訝そうな顔をする。

「犯人が川北を殴る前に背中を蹴ったってことですか？」

尊が訊ねると、米沢が答えた。

「もしくは、殺した後に踏みつけた」

「どっちにしろ、かなりの怨恨《えんこん》を感じさせますね」

尊が顔を顰《しか》めると、米沢も頷いた。


最も強い怨恨の線は、川北に息子を殺された両親ということになる。懲役五年の判決は当然不服だったのだろう、彼らは二年前に損害賠償請求の民事訴訟を起こしていた。

「その最高裁判決が今年の初めに出ています」

鑑識課から戻る廊下を歩きながら、右京が尊に言った。尊は即座にスマートフォンで調べて、

「あっ、ホントだ。原告が勝ってますね」とニュースサイトの見出しを読み上げた。

「〝息子を殺された両親が勝訴〟……でもよく覚えてますね、こういうこと」

感心する尊に、右京はさらりと言った。

「原告側弁護人が瀬田宗明《せたむねあき》氏でしたからねえ」

「瀬田宗明って……あっ、あの法務大臣だった」

尊の記憶にもその名前は刻まれているようだった。

「ええ、民間から大臣に登用され、今は弁護士に戻っています」

「お知り合いなんですか？」

尊が訊ねた。

「一度お会いしたことがあります」

「ふーん」

右京の顔の広さに再び感心している尊を他所に、右京は早速動き出した。

「行きましょう」

「行くんですか。たった一度会っただけなのに？」

首を傾げて右京の後を追いかける尊には、もちろん瀬田宗明と右京の関係を知る由《よし》もなかった。

それはまだ尊が特命係に来る前、前任の亀山薫《かめやまかおる》が去った後に右京ひとりが特命係であった頃の事件だった。大学で名誉教授を務め、なおかつ社会派の弁護士として活躍したことが認められ、法務大臣に抜擢された瀬田だったが、反目して長い間音信不通の息子に、一連のテロに関わっているという嫌疑がかかっていた。その事件の真犯人を挙げ、息子の汚名を晴らし、ついに命までも救ったのが右京だった。

事件の影響もあって法務大臣を辞した瀬田は、再び在野に戻り、人道的な弁護士として地道な活動を続けていたのだった。

「最近、暑い日が続きますね。五階だったらエレベーター使えばよかったですね」

ハンカチで汗を拭き拭き瀬田の事務所が入っているビルの階段を上りながら、尊は右京にぼやいた。するとその背後から、決して大きくはないが力のある、そして不思議な包容力を感じさせる声がした。

「エレベーターはないんですよ。このビルは古いんでね。おかげで安く借りてます」

ふたりが振り返ると、チャコールグレーのスーツに身を固めた瀬田が笑みを浮かべて立っていた。

「ご無沙汰しております」

右京が深々と頭を下げる。

「あ、初めまして。杉下の部下の神戸と申します」

隣で尊も居住まいを正して自己紹介をした。

「瀬田です。さあ、もう少し頑張って上りましょう」

にっこり笑った瀬田は、ふたりの先に立って階段を上っていった。

瀬田の事務所に着いたはいいのだが、助手も事務員もおらず、お茶も淹れられない状況で、結局、尊がまた階段を下り自動販売機でペットボトルを買ってくる羽目になった。

「すみません、お茶の用意がなくて」

息を切らせ両手に三本のペットボトルを抱えている尊を見て、瀬田が恐縮した。

「ご心配なく。そのために彼がいます」

と笑顔で答える上司の横で、尊が顔を引きつらせた。

「なら階段を上がり切る前に言ってほしかったな、と」

それが聞こえなかったのか、右京がさらに言う。

「ぼくは紅茶がよかったのですがねえ」

「また一階まで下りろと?」

不平を顔に露わに出した部下に、右京は譲歩した。

「いえ、ぼくが我慢すれば済む話です」

「我慢って……」

ふたりのやり取りを他所に、瀬田が本題を切り出した。

「それで、民事裁判の話でしたね」

瀬田に勧められるまま椅子に腰掛けた右京が応じた。

「川北さんに命じられた賠償額は、一億余りだったと記憶していますが」

頷いた瀬田は、厳しい表情になった。

「ええ。しかし未だに一度も支払われていません」

「えっ、そうなんですか？」

尊が驚く。民事裁判は判決後、当事者間に任されてしまう。よって賠償金の不払いにも何ら法的な制裁は下らないことになる。被告側は賠償金が理由で自己破産できない代わりに、原告側にとっても裁判所が賠償金を取り立ててくれることもない、というわけだ。

「川北さんから出所後、連絡は？」

右京が訊ねると、瀬田は首を振った。

「ずっと捜していました」

法的には川北の肉親に賠償金の請求はできないのだが、瀬田は一度だけ川北の姉と連絡をとったことがあった。彼女は弟が事件を起こす少し前に嫁いでいた。が、結局、川北本人の所在はわからなかった。

ちなみに、川北の母親は民事裁判の判決が出た直後に病死していた。そして父親は、妻を失った後、蒸発した。だからいま川北の肉親と接触しようとすれば、その姉を措いてほかになかった。

そのいきさつを聞いて、尊はため息を吐いた。

「結局、出所後の川北の行方はわからなかったんですよね。民事裁判で勝っても、どうにもならないってわけか……」独り言のように呟いた尊は、そのひと言が瀬田にどう響くかに思い至り、「あっ、失礼」と頭を下げた。

「そのとおりです。私はなんの力にもなれなかった」

瀬田は悔しげに俯いた。

「あ、でも金銭的な補償なら、被害者遺族には犯罪被害者給付金が出たはずですよね」

リカバーするように尊が言うと、瀬田はますます表情を険しくした。

「拓海君のご両親は、お金が欲しいわけじゃありません」

「あ、もちろんそうでしょうけど……」

狼狽《ろうばい》する尊の脇で、右京が瀬田の代弁をした。

「息子を殺した男に、一生をかけて償ってほしい」

瀬田は頷いた。

「そうです。そんな新開さんが、一生をかけて償ってほしい男を殺すと思いますか？　捜査一課の方がご両親にそんな質問をしていました」

「なるほど。瀬田さんはその聴取に立ち会っていらっしゃいましたか」

右京が訊ねると、瀬田は頷いた。

「ご両親から連絡をもらったので」

瀬田の事務所を辞し、アスファルトの照り返しが厳しい路上を歩きながら、右京がやり切れない顔で呟いた。

「犯人が謝罪してくれることを祈る。被害者遺族にできるのはそれだけなんですねえ」

尊がそれに応ずる。

「でも、その祈りが届かなかった時は、復讐という選択肢もあるかもしれませんね」

「だから、川北さんを殺したのでしょうか」

「少なくとも捜査一課はそう見てるみたいですよ」

二

ふたりが向かったのは、拓海の両親のもとだった。

静かな住宅街の路地を歩いてゆくと、自宅の前で父親の新開孝太郎《こうたろう》がふたりを認め、歩み寄ってきた。

「杉下さんと神戸さんですね」

初対面のはずなのに自己紹介の前に名前を呼ばれ、ふたりは面食らった。

「瀬田先生から連絡がありました。来るだろうって」

瀬田の手回しのよさに感心しながら、ふたりは頭を下げた。

「あの、こちら……車お売りになるんですか?」

ガレージで査定員が自家用車を調べている様子を見て、尊が訊ねた。

「いろいろとお金がかかりましたから、裁判で。勝っても賠償されなければ、これが現実です」

孝太郎は厳しい表情でそう訴えると、ため息をひとつ吐いてふたりを家の中に招じ入れた。

「川北は出所してすぐ姿をくらましたんです。卑劣です。彼の出所前に姿を消した父親と同じです」

応接間でふたりの刑事に正対した孝太郎は、のっけから怒りをぶちまけた。

「あ、父親とは面識があるんですか?」

尊が訊ねると、孝太郎は面会した折の屈辱的な経緯を語った。

懲役六年の一審判決に納得がいかなかった孝太郎は控訴を考えた。当然検察もそれを認めた。すると川北の両親が弁護士と一緒に訪ねてきて、損害賠償をする用意がある、と言った。つまり、金で解決しようというのだ。孝太郎は怒りも露わにそれを一蹴したのだが、あろうことかその弁護士は第二審の場で、孝太郎が損害賠償を断ったのは、自分たちの誠意が伝わったからだと主張し、情状酌量を求めたのだ。結局それが認められ、川北は一審より減刑されて懲役五年になったのである。

「それ以来、もう弁護士は信じていません」

孝太郎は忘れ得ぬ悔しさを込めて言った。

「それでも瀬田弁護士に民事裁判を依頼された」

右京が指摘すると、脇から尊が口を挟んだ。

「弁護士を立てないと裁判は困難ですからね」

孝太郎が掌をじっと見つめながら言った。

「瀬田先生はよくやってくれました。それでもこんな結果です。司法にはもう失望しました。拓海の無念を晴らせるのは、もうわれわれだけなんです」

それを聞いた右京が危ない質問をした。

「その無念は晴らせましたか？」

「ちょっと、杉下さん……」

慌てた尊が右京を制したが、そのときお盆にお茶を載せて出てきた妻の清美《きよみ》が、力ない声でぽつりとひと言呟いた。

「バチが当たったのよ」

新開宅を辞し、住宅街の路地を歩きながら、尊が右京に新開拓海の両親に会った印象を述べた。

「無理ですよ、あのふたりに川北を殺すのは。川北は出所後、ずっと姿を消してたんですから。まあ、あのふたりの供述を信じれば、ですけど」

次にふたりが向かったのは、川北の姉、智子《ともこ》のところだった。智子は事件前に嫁いでいて、今では〈南《みなみ》〉という姓になっていた。

自宅近くにまで来ると、玄関前に黒い車が停まっており、智子に見送られて男たちが出てきた。おそらく所轄署の刑事だろう。

その車が走り去っていくのを見送ってから、玄関に向かっていく途中、尊が気になる人物を路上に見つけた。横縞のポロシャツにカーキのズボン、片手にボストンバッグを提げた初老の男だった。尊と目が合うと立ち止まり、すぐさま踵《きびす》を返して逃げるように立ち去ったのだ。

「杉下さん、今のもしかして……」

尊が耳打ちすると、

「かもしれませんねえ」

と右京もその男の背中を見た。

「死んだと聞いて、むしろ安堵《あんど》しています。遺体の確認も断りました。ひどい姉だと思いますか？」

ふたりの刑事を迎え入れた智子は、醒《さ》めた目つきで言った。

「いや、それだけのご苦労があったんですね」

尊が忖度《そんたく》すると智子は首肯し、居間の一角に飾られている遺影と位牌を見た。

「ええ。それで母は……六十歳でした。弟のことが影響してないはずありません」

川北から連絡があったかと右京が訊くと、刑務所には何度か面会に行ったが、出所後は一度もない、とのことだった。最後の面会は今年の一月だった。

そのとき、智子は実家だけでなく智子の家にまでマスコミが来ていること、その執拗《しつよう》な取材に母親は精神的にも肉体的にもまいって、入院してしまったこと、など家族の窮状を涙ながらに訴えた。

――ねえ、出所したらちゃんと賠償金払うわよね？　マスコミの人にそう言っていいのよね？　ちゃんと反省してる、って。償う気はある、って。そう……。

智子のその言葉を遮って、それまで黙って聞いていた川北が、突然興奮して声を荒らげた。

――償ってるじゃないか。だから刑務所に入ってんだろ!!　俺はこうして今、償ってんだよ、五年も！　なのに出たら金まで払えなんて冗談じゃない！　絶対に払ってやるもんか！

刑務官がそれを見咎《みとが》め、面会を中止にされた川北は、引っ張られながら、

――うるさいマスコミにそう言ってやれよ！

と捨てぜりふを吐いて面会室を出ていった。

「それ以来、もう……」

智子は暗い目で首を振った。

「では、お父様と連絡は？　民事の判決が出た後、失踪《しっそう》したままですか？」

尊の問いに頷いた智子に、右京が父親の写真があるかどうかを訊ねると、黙って首を横に振るのみだった。

玄関を出たところで、尊が率直な感想を述べた。

「意外でした。そんなに報道が過熱してたなんて。だって懲役五年の傷害致死事件ですよ。ほとんど印象に残ってませんでした」

「当事者とそうでない人間は、感じ方が違うのでしょう」

右京がそれに応じたところで、背後の扉が開き、智子がふたりを追って駆けてきた。

「あ、あの！　父の写真……」

「あったんですか？」

尊が振り向くと、智子の手には当時のものと思われる週刊誌があった。

「これでもいいですか？　父を疑ってるんですよね？　弟を殺したって。でも父は弟が出所する日を知らなかったはずです。弟も父に会うのは無理です。私だって父がどこにいるか知らないのに……」

画像は粗《あら》いし目隠しもされているが、先ほど路上で逃げるように立ち去った男に間違いなかった。

それがさらに確信できたのは、警視庁に戻り鑑識課の米沢にネットから拾ってきた当時のワイドショーの画像を見せられた時だった。それはどうやら近所の住人が録画して投稿したものらしかった。自宅の前に並んで立ち、アナウンサーにマイクを向けられて肩を丸め小さくなって答えている夫婦……夫の方は確かに、智子の自宅付近の路上で見かけた男だった。

「こちらは川北さんの所持品ですか？」

映像を見終わった右京が、傍らのデスクに置かれたバットの中をのぞき込む。

「ええ、ちなみにこちらの財布は空でした」

米沢がビニール袋に入った財布を取り上げると、右京はバットのその他の物、タバコの箱、ライター、チェーンなどを見て、険しい顔で宙を睨んだ。

翌日、尊は所轄の稲城《いなぎ》署に詰めている捜査一課の三人に、川北の父親、浩二《こうじ》を目撃したことを報告に行った。すると驚いたことに、そこへ新開孝太郎と清美が揃って現れたのだ。

そのことをいち早く右京に伝えようと尊が特命係の小部屋に戻ってくると、隣の組織犯罪対策五課の角田六郎が、パンダ印がついた携帯灰皿を片手に、ぷかぷかとタバコを吹かしていた。

「あ、課長、ここ禁煙ですよ」

部屋に入るなり注意した尊に、角田は煙たそうな顔を向けて言った。

「頼まれたんだよ、警部殿に。捜査活動だって」

「捜査活動?」

角田が尊の目の前に掲げたのは川北の所持品のなかにあったタバコと同じ種類のもので、右京は角田が吐き出す煙の先で鼻を鳴らしてにおいを確かめているようだった。

「そんなことより何か話があるのでは?」

逆に右京に問われると、尊は先ほど稲城署の捜査本部で孝太郎夫妻と鉢合わせたことを伝えた。

一か月前に孝太郎が品川駅のホームで川北浩二を見かけた、と告げに来たのだ。浩二は横浜方面行きの電車に乗っていったという。

それを聞いて即座に動き出そうとした伊丹と尊を見て、清美が静かな声でこう言った。

――捜すんですか？　川北の父親を。

――ええ、一応、参考人聴取の必要がありますから。

答えた伊丹に、清美は低く恨めしげな声で、まるで独り言のように呟いた。

――あの時はしてくれなかったのに……出所した川北とその父親を捜してくれってどんなに頼んでも、してくれなかった。

三

稲城署から戻ってくる孝太郎と清美を、右京と尊は自宅の前で待っていた。

「一か月前の目撃情報をなぜ今日のタイミングで？　たとえばあなた方は昨日、川北さんのお姉さんの家《うち》へいらっしゃった。だからわれわれが彼を捜していると思った。違いますか？」

家に招じ入れられた右京は開口一番に訊ねた。

「彼女の家に行ったんですか？　行ったんですね。なぜ行ったんでしょう？」

黙するふたりに尊が詰め寄る。すると清美が暗い声で答えた。

「息子を……拓海を殺した男の家族だからよ。拓海を殺して、賠償金も払わずに逃げた男の家族だから……」

「やめなさい」

孝太郎がたしなめた。

「つまり、彼女を訪ねたのは初めてではなかった」

右京が孝太郎の目を覗くと、それを振り払うように孝太郎が語気を強めた。

「わかってます。加害者の家族に罪はない。家族に賠償金の取り立てはできない。わかってます。でも息子が殺されてずーっと、私たちは精神的にギリギリの生活でした。息子の無念をいつも背負って……」

清美が何かに取り憑《つ》かれたような表情で続ける。

「なら、あっちの家族だってそうじゃなきゃ不公平よ。自分の家族の罪を背負わなきゃ不公平よ」

「わかった、もういい」

孝太郎が制したが、清美は止まらない。

「お父さんだって言ってたじゃないの。〝お寿司なんか買って〟って……〝あの女、スーパーでお寿司なんか買って〟って、泣いて怒ってたじゃない！　違う……こんなこと、私言いたくない……言いたくない」

泣き崩れる清美をかばうように、孝太郎が言った。

「私が行くって言ったんです。嫌がらせと言われてもいい。川北もその父親も逃げた。

それなら川北の姉に一生付きまとってやろうって。でもそんな私たちに、ひと月前……」

出かけていった智子の家の前に、瀬田が現れたのだ。もう裁判は終わったのにどうして……と孝太郎が問うと、賠償金の支払いがなく、しかも孝太郎たちがここによく来ていることを耳にして、その状況が気になって来た、と言った。

──新開さん、家族からの取り立ては不可能です。

瀬田が諭すと、孝太郎も語気を強めた。

──そんなことはわかってる！

そう言い捨てて清美とともに玄関に向かう孝太郎に、瀬田は切々と訴えた。

──加害者の家族を訪ねるたびに、胸が張り裂けるのは被害者遺族かもしれません。通われるほうもつらいが、通うほうだってつらいはず。あなた方がなぜこんな罰を受けるんです？

「それ以来、行ってませんでした。でも、昨日川北が殺されて、もう一生罪を償わせることができなくなった。そんな中、警察が来て、あなた方も来て、いてもたってもいられなくなって……」

実は孝太郎と清美は、右京と尊が智子の家を辞した後、追いかけてきた智子から週刊誌を受け取った際の会話を物陰から聞いていたのだ。

「最後にひとつだけ、よろしいでしょうか？」

話も終わり、玄関を出ようとする瞬間、右京が孝太郎を振り返って右手の人さし指を立てた。孝太郎は頷いた。

「あなた方は出所後の川北さんをずっと捜していました」

「ええ」

「どのような方法で捜していたのでしょう？　やみくもに捜していたわけではありませんよね」

右京が訊ねたとき、背後から声がした。

「話す必要はありません」

瀬田だった。

右京と尊は再び孝太郎の家に上がって、瀬田と向かい合った。

「川北さんが拘置所から送ってきた手紙です」

テーブルの上には幾通かの封書が籠に入って置かれていた。

「拝見します」

右京がそれを手に取る。それを脇から見ながら、孝太郎が言った。

「謝罪の手紙です。何通も送られてきました。よく書けてます。川北は本当に反省している。私も妻もそう思いました。でも最高裁の判決が出た途端、一通も送られてこなくなりました」

「えっ？　つまり減刑されるためだけの手紙というわけですか？」

呆れ返った尊に、瀬田が説明する。

「そういう指導をする弁護士がいるのは確かです」

「それを聞いた時、思い出したんです」

そのとき孝太郎の頭のなかに、川北の両親が弁護士を伴ってきた時のことが甦《よみがえ》ったのだった。

――われわれには損害賠償をする用意があります。

「それなら本当に賠償してもらおうって。川北誠也に一生かけて」

孝太郎が怒りを押し殺して言った。

「こちらは差出人がありませんが」

尊が籠の底にあった、一通だけ他と色が違う封筒を手に取った。

「あ、それはこちらに」

瀬田が手を伸ばした。そのとき、それまで黙っていた清美が口を開いた。

「いいです。見てください」

「何もかも見せる必要はないんですよ」

瀬田の助言を受け入れず、清美は続けた。

「手紙だけじゃない。はがきや貼り紙もありました」

「貼り紙？」

聞き返した尊に、孝太郎が答える。

「〝そんなに金が欲しいのか〟〝我が子の命を金に換えるのか〟」

「新開さん……」

瀬田が制する。尊が手にした封筒の中身もその類いのものだった。

「インターネットではもっといろいろと……」そこで言葉を切った孝太郎は、堰《せき》を切ったように感情を露わにした。「平気です……平気です！　それでも川北に償いをさせたかった。人の命を奪って五年でいいわけはない！」

孝太郎の言葉を受けて、瀬田が切々とふたりの刑事に訴えた。

「杉下さん、神戸さん。今日、川北さんの手紙をお見せしたのは、あなた方に察してほしかったからです。おふたりがこれまでどれほど苦しんできたかを」そして語気を強めてきっぱりと言った。「彼らを犯人扱いし更に苦しめることを、私は許しません」

稲城署の捜査本部では、川北浩二を捜していた三浦が戻ってきて、参事官の中園照生に報告を上げていた。浩二が目撃された品川駅周辺のホテルを当たっていたのだが、妙なことに同じく浩二を捜しに来た女性がいたというのだ。川北の姉だと思い確認したのだが、そうではなく三十前後の女性だという。

そこまでを中園に報告したとき、三浦の携帯が鳴った。浩二の泊まっていた場所がわかったというのだ。

電話でそう伝えた伊丹と芹沢は、浩二が泊まっていた簡易宿〈憩《いこい》の家〉の女主人に浩二の写真を見せて話を聞いていた。

「とっくに出ていきましたよ。一週間ぐらい前にね」

何でも三十歳くらいの結構きれいな女性が捜しに来て、浩二は直接は会わなかったがどこからか見ていたのか、それきり帰ってこなかったという。

「その女、どこの誰だかはわかりませんよね？」

芹沢がダメもとで訊ねると、意外にも女主人は、「わかるわよ」とこともなげに言った。

宿の女主人が受け取っていた名刺から、女は〈ますだ探偵事務所〉に所属する水脇亜美《みずわきあみ》という調査員だとわかった。

「ええ、捜してましたよ。川北浩二さんを」

伊丹と芹沢が三浦と合流し、その事務所を訪ねて亜美にただすと、彼女は即答した。

「依頼人は、新開さんですか？」

三浦が孝太郎と清美の写真を亜美の目の前に置いた。

「令状が必要ですか？」

黙したままの亜美に、伊丹が詰め寄る。

「頷くだけで結構です。依頼人は新開さんですね？」

守秘義務の呪縛と戦っていた亜美は、三浦の問いについに首を縦に振った。

「捜すように頼まれたのは川北の父親だけじゃないですよね？」

伊丹がさらに突っ込むと三浦も続けた。

「その息子もですね？」

亜美は再び首を縦に振った。三人は顔を見合わせた。

「父親がここにいたことはなんでわかったんです？」

芹沢が訊ねると、亜美はようやく重い口を開き始めた。なんでも一か月前、浩二が品川駅から横浜方面の電車に乗ったと新開から聞き、その沿線の安い宿を探したのだという。

「その調査の結果を新開さんに伝えました？」

芹沢が訊くと、亜美は携帯をかざして、

「定期的に連絡が入るんで」

と答えた。

「その後もふたりの行方を捜したんですね」

三浦が訊ねると、また頷いた。

「安宿は結構探しましたよ。でもホテルとか泊まられると客のこと一切教えてくれなくなるから」

伊丹は亜美の手にある携帯を睨んで言った。

「この携帯、見せてもらえますか？」


亜美の携帯に入っていたデータのなかから決定的な文章を見つけた捜査一課の三人は、新開の家に向かった。孝太郎と清美の脇では、瀬田が立ち会っていた。

「あなた方の探偵がネットで見つけた文章です。おとといの夕方、つまり川北誠也が殺された日に書かれたものです」

伊丹が示した紙は亜美の携帯に入っていた短文投稿サイトの画面をプリントアウトしたものだった。そこには、

〈今、うちのカフェにいる客、何か見たことあると思って、調べてみたら川北誠也だった件、五年前人殺して損害賠償を請求された犯人、刑務所出てたんだ、ビックリ〉

とあった。芹沢がその文章を読み上げる。

「これ、その日のうちに探偵から連絡受けてますよね」

三浦が訊ねる。黙している孝太郎を見て、伊丹が重ねる。

「あなた方はその日、彼に会ったんじゃありませんか」

そこに瀬田が進み出た。

「会った証拠にはなりません」

三浦がそれに対抗するように、

「任意で聴取する理由にはなるんですよ」

と瀬田を睨んだ。

「任意と言うなら、今後は参考人としての立場でのみ聴取に応じます。ただし、場所は警察以外。時間は夜七時まで」

「先生、われわれは正当な捜査活動を……」

三浦の言葉を遮って、瀬田が厳しく言った。

「もちろん、私が立会人になるのが条件です。七時を過ぎました。今日はお帰りください」

伊丹が大きなため息を吐いた。

四

その翌日、特命係の小部屋に角田が血相を変えて飛び込んできた。

「おい！　テレビ見ろ！」

「えっ？」

尊が慌ててリモコンのスイッチを入れる。画面には自宅の前で大勢のレポーターに囲まれている孝太郎と清美が映っていた。

――それはどういう意味ですか？

レポーターにマイクを突きつけられた孝太郎が苛立たしげに答えた。

――ですから、犯人は私たちです。私たちが川北誠也を殺しました。

――動機は復讐ですか？

――この後、警察に自首するんですか？

レポーターたちの質問が孝太郎に殺到した。

「まさかこんな手に出るとは」絶句した右京は尊を振り返った。「神戸君、急ぎましょう」

「はい」

右京に続いて部屋を出ようとした尊は、リモコンを持ったままだと気付き、

「ありがとうございました」

とそれを角田に渡した。

「ああ、うん、ははは」

ふたりの勢いに気圧《けお》された角田は、愛想笑いを返すしかなかった。

そのニュースは、当然捜査一課にも激震をもたらした。

「なんでマスコミに自白すんだよ！」

伊丹が廊下を走りながら毒づいた。

「やっぱり昨日のうちに聴取すべきだったな」

三浦がぼやいた。そこへ芹沢がやってきて、

「ぼくらは川北浩二の所へ行けって」

と命令を伝えた。

「なんだよ！　居場所わかったのか？」

伊丹が拍子抜けしたように訊く。

「蒲田にあるビジネスホテルです」

「くっそお！」

伊丹が舌打ちをした。

——瀬田さん、先生は知っていたんですか？

新開宅の前で、瀬田はリポーターたちに捕まっていた。

――今朝のことが本当なら弁護しますか？

何本ものマイクを突きつけられ、カメラのシャッター音が響いた。

――また新開さんに依頼されたんですか？

別々のリポーターが無秩序に質問を繰り出す。

「今日中に会見いたします」

きっぱり言い捨てた瀬田に、別のリポーターが重ねる。

――自首するそうですが、それは先生の助言等あったんでしょうか？

瀬田は立ち止まり、報道陣に正対した。

「どうかそれまでお静かに願います」

報道陣を振り切るようにそうひと言述べて新開宅に入ろうとする背後から、またリポーターの声が響いた。

――瀬田さん、これは復讐ということですか？

玄関の鍵は開いていた。マスコミを断ち切った瀬田が、入ります、と断って居間に進むと、拓海の遺影に挨拶をした孝太郎と清美が立ち上がったところだった。

「行くんですか、警察に」

瀬田が訊ねると、孝太郎は悲壮な表情で答えた。

「先生、止めないでください」

瀬田は首を振った。

「止めるつもりはありません」

捜査一課の三人が蒲田のビジネスホテルの前に車を停めて、浩二の戻るのを待っていると、憔悴《しょうすい》しきった姿の川北浩二がコンビニの袋を提げてやってきた。

玄関前で浩二を捕まえると、三人は人気《ひとけ》のない路肩に連れていった。察した浩二は打ちひしがれた顔で、何故いまこんな暮らしをしているのかを、問わず語りに話しはじめた。

「どうせ借家でしたし、女房死んだ後にひとりでいたって……」そこで浩二は顔を上げて「いいですか？　昨日から何も……腹減って……」とコンビニの袋を掲げた。三浦が無言のまま勧めると、浩二は袋に手を突っ込み、菓子パンをとり出してそれを齧《かじ》った。

「マスコミってウチの近所で取材するんで、よく知ってる人がテレビ映って俺のこと話してて……ああ、こんな風に思われてたんだ……ハァ、それは違うのになあ、とか……とても住めないよ。……やっと騒ぎが収まっても、誠也が民事ってやつで負けたら、またぶり返して……それも少し収まったと思ったら女房が……」そこでまたパンを齧り、

「やっと乗り越えたと思ったら、またすぐに……」浩二は涙声になってその場に座り込んだ。「もうダメだ。女房の次は俺が殺される……そう思ったら真夜中に着の身着のま

まで家捨てて……」

　ほとんど独白のように語る浩二に、伊丹が言った。

「川北さん、今日は殺された息子さんの件で……」

　浩二がそれを遮るように吐き捨てた。

「知ってる！　見た。見たから……」

　自棄的にパンに齧り付く浩二に、三浦が続けた。

「新開さんが殺したと発表しました。先ほどテレビで」

　それを聞いた浩二はパンを齧るのを止め、呆然と三浦を見上げた。

「川北さん、お手数ですが、少し署のほうでお話……」

　芹沢が言い終わらないうちに、浩二が呟いた。

「いいです、私は」

「いいです、って……」

　芹沢は返す言葉を失った。

「私は先方の親に何も言えない。言う資格も捨てたんですから。私は息子を捨てたんです。なんの罪もない娘まで……親失格です。でもこれで、娘も少しは救われるかな。……そう、新開さんが、誠也を……」

五

そのとき、右京と尊は智子の家に来ていた。家に入ってリビングに招じ入れられるなり、右京はソファに置かれたクッションを手に取った。

「最初にこちらにお邪魔した時、タバコのにおいがしました。つまり最近、ここでタバコを吸った人がいた。それも弟さんが吸っていたのと同じにおいのタバコを」

それは特命係の小部屋で、角田が吸っていたタバコのにおいだった。

「見たところ灰皿はありませんね」

尊がテーブルの上を確かめる。

「先日、表の車も確認しました。灰皿が小物入れになってました」

「ご主人はタバコを吸わない人ですね」

智子の顔から血の気が失せた。右京は尊とともに玄関に歩みを進めた。

「川北誠也さんの背中には男物の靴の跡が残っていました。背中を蹴ったのか、踏みつけたのか、いずれにしても遺体の状況と合わせて強い恨みを持つ者の犯行だと思われました」

「しかし、そうではなかった」

尊が智子の顔をじっと覗いた。

「川北誠也さん、つまり、弟さんの死体を運び出す時、玄関で落としましたよね。その時、これが裏返り、弟さんの背中にスタンプされたんです」

右京は三和土《たたき》に置かれたサンダルの片方を取り上げて、靴底をみせた。同時に尊が誠也の背中についていた下足痕のフィルムのコピーを智子に示した。

「照合すればはっきりしますよ」

「もちろん、あなたひとりで運び出すことは不可能でしょう。仮にご主人が手伝ったのだとすれば、表の車から痕跡が出るはずです」右京はそこで言葉を切り、智子の前に進み出た。「新開さんのご両親が、あなたの弟さんを殺した犯人としてこれから自首します。あなたはそれでもいいんですか」

智子は右京から目をそらし、フラフラと壁に寄りかかりながら独り言のように言った。

「もうすぐ月命日なのに……」

「えっ？」

智子の呟き声に、尊が聞き返した。

「行けなくなっちゃった、母のお墓」

「毎月行ってたんですか」

尊が訊ねると、智子は虚ろな目で言った。

「弟が殺したのはひとりじゃない。ふたりです。新開さんと私の母。ふたりです」

あの日、出所した弟が家に来たのだった。そうしてこのソファに座ると、背後に立ちすくむ姉の顔も見ずして、お金を貸してくれ、と言ったのだ。賠償金を払うから、と。それもちょっとの間、最初だけ払って、その気があるところを見せたらそれでいい、という。

——何言ってんの？

智子は我が耳を疑った。

——頼むよ。

弟はせわしなくタバコの灰を空き缶に落とした。

——突然来て何言ってんの⁉

これが自分の肉親だろうか、と思った。

——いいんだよ、ちょっとの間払えば！　そうすりゃ向こうだって俺の誠意ってやつがわかる。

弟は声を荒らげて、タバコの煙を吐き出した。

——誠也、そんな簡単な話じゃない……。

——払う意思はあったたって証明できんだよ、それで！　伊達《だて》に五年入ってたわけじゃない。そのくらいの知恵はつけてる。

苛立たしげにタバコを揉み消す弟の後ろ姿を、智子は遠い目で見た。

「まただ、って思いました」

――だからさ、その間だけちょっと金貸してくれりゃいいんだから。

「また誠也が逃げたら、家に来るマスコミに私はなんて言うんだろう。なんて言えばいいんだろう」

――あとは俺、行方不明になるからさ。その方が姉ちゃんだっていいだろ。

「家に訪ねてくる新聞さんに、なんて言えばいいんだろう」

――俺なんかいなくなったほうがいいだろ？　悪い。恩に着るよ。怒ってんの？　そりゃ怒ってるか。だから迎えに来なかったんだよな。刑務所《ムショ》出る日、教えたのに。

弟は背後で無言を守る姉を振り向きもせず、まるで独り言のように言った。

智子は無意識のままキッチンに行き、流しの引き出しを開けて鉛の肉叩きを握りしめた。

――あの日は暑くてさ、今年一番の猛暑だったたって。ムショ出たらさ、アスファルトの遠くに水が見えたんだ。でも近づいたらなくなってて……そしたらまた遠くに見えてさ。ほら、ガキの頃、一緒に追いかけた、あれだよ。あの水、確か姉ちゃん、教えてくれたよな。あれ、なんて言ったたっけ？

そこで初めて振り向こうとした弟の後頭部に、智子は肉叩きを思い切り振り下ろした。つむじのあたりがボコリとへこむのがわかった。智子は構わず、夢中でその頭に鉛の棒を叩きつけた。何度も叩きつけた。気がついてみると、弟は目を開いたまま床に横たわっていた。

——逃げ水よ。逃げ水っていうのよ、誠也。

智子は、まるで子供のようにあどけない誠也の死に顔に、優しく語りかけた。

あれはまだ智子が小学生のころ、誠也は学校にも上がっていなかった。田舎の細い舗装道を、ふたりで駆けていた。夏の暑い日だった。陽炎《かげろう》が立ち上るその向こうに、まるでそこにふたりを呼び込んでいるような水たまりが見えた。ふたりはそれを追いかけてさらに走った。けれどもその水たまりは、どんどんと遠くに離れていった。あの景色が、智子の脳裏にも鮮やかに甦った。

放心した智子はぺたりと床に座り込んだ。どれだけの間そうしていただろう。気がつくと日は暮れていて、夫の真《まこと》が帰ってきた。

——ただいま。あれ、表の靴、誰かお客さん？

居間に入ると、誠也の死体の脇に妻がペタンと座り、泣きぬれていた。

事情を察した夫は冷静だった。誠也の財布からすべてを抜き取った。

「そうすれば、泥棒の仕業だと思ってくれるかもしれないって……」

夜が更けるのを待ってふたりでこっそり車のトランクまで運んだ。運ぶ途中、腕の力が抜けた智子は誠也の足を放した。玄関の三和土に死体が落ちた。つまずいた折にサンダルをひっくり返していたが、そんなことに気付く余裕はふたりにはなかった。

「少しは、気が楽かもしれません。今度は、弟のしたことじゃなくて、自分のしたことで責められるんですよね」

呟く智子の頬に涙がいく筋も伝った。その背中に右京が静かに語りかけた。

「残念です。肉親の犯した罪で憎まれ責められるつらさを、あなたは誰よりも知っていたはずです」

六

蒲田のビジネスホテル前で、捜査一課の三人が川北浩二を車に乗せようとしたところへ、特命係のふたりが現れた。

「息子さんを殺害した犯人がわかりました」

うなだれていた浩二が、顔を上げてフラフラと右京に歩み寄った。

「新開さんじゃないんですか？」

「違います」

右京の言葉に、捜査一課の三人も目を見開いた。

「え？　じゃ誰が……」

訊ねようとした三浦の携帯が、そのとき鳴った。

「あ、ちょっと失礼……はい、三浦。逮捕って誰を？　えっ？」

顔色を変えた三浦が携帯を切って振り返った。啞然とする浩二に、右京が言った。

「お父様に伝言があります。もうすぐ月命日だそうですね。お墓参りは必ず行ってください。そう父に伝えてほしいと……」

そのひと言ですべてを悟った父親は、顔をくちゃくちゃに歪め、力なく膝を落としてその場にくずおれた。そうして腸《はらわた》から絞り出すような声で号泣した。


右京と尊は、その足で新開宅を訪れた。

「ですから新開さん、あなた方が出頭しても警察は自首とは見なしません」

右京が事情を説明すると、孝太郎は手にした荷物を落とした。

瀬田が孝太郎に言った。

「それでも自首はできます。警察の捜査を妨害した罪で」

「いや、瀬田先生、何を言って……」

言いかけた尊を瀬田が遮った。

「自首することで、刑事でも民事でも救われない被害者感情があることを訴えたかった。そして社会に一石を投じようとした。そうですよね」

意図を正確に読み取っていた瀬田に、孝太郎は頷いた。

「警察に犯人扱いされた時、犯人になる道もあると思いました。瀬田先生、息子の無念が少しでも晴らせるなら……そう思いました」

清美が無言のまま、涙を流して孝太郎の腕に寄り添った。そんなふたりを見て、瀬田が言った。

「新開さん、それは間違ってます。少なくとも私はそう思います。ですが、私には自分の正義より、あなた方の感情のほうが大切なんです」

瀬田をじっと見つめた孝太郎の目が、潤んだ。右京はその光景をじっと瞼《まぶた》に焼き付けた。

孝太郎と清美はしっかりと手を握りあって、玄関に向かった。瀬田は玄関口で右京を振り返り、自分の名刺を一枚渡した。扉を開けた彼らの前に、メディアの容赦ない嵐が襲った。

「それ、渡すんですか？　川北のお姉さんに」

新開宅を出て路上を歩きながら、内ポケットから瀬田の名刺をとり出して目を落とした右京に、尊が訊ねた。

「それが瀬田さんの思いでしょう」

「加害者には一生かけて償ってほしい……」

尊が呟いた。

「はい？」

「そう祈ってたのは被害者遺族だけじゃなかったんですね。きっと加害者の家族も……ひとつ、訊いていいですか」

「なんでしょう」

右京が歩みを止めた。

「なぜ父親に、娘さんが真犯人だと告げたんです？」

「すぐにわかってしまうことです」

「ええ。それなら杉下さんが伝えなくても……」

右京は尊の目をじっと見て答えた。

「それなら、犯人を突き止め、自首をさせたぼくが伝えるべきです」

「残酷だとは思わないんですか？」

「それに耐えられないなら、人に罪を問うべきではない。ぼくはそう思っています」

そう言い置いてひとり歩いていく右京の背中を見て、尊がポケットからハンカチを出して額を拭った。

「暑いですね」

尊の呟きを吸い取るように、強烈な日差しがアスファルトを照らした。先をゆく右京の向こうに、逃げ水が揺れていた。

第三話

「晩夏」

一

人には一週間のうちに何が起こるかわからない。いや一日のうちでさえ、どんなことが待っているかわかったものではない。時にその間に人の生き死にを決するような出来事が、起こらないとも限らない……。

それはちょうど一週間前のことだった。突き抜けるような青い空に蝉しぐれが響き渡る晩夏のある一日、警視庁特命係の警部、杉下右京は総合病院の案内板の前で逡巡《しゅんじゅん》していた。〈歯科口腔《こうくう》外科〉へ案内する矢印を指さし確認してそちらへ歩きかけたのだが、立ち止まって、

「気が進みませんねえ」

と呟いた。ふとロビーに目をやると、公衆電話の脇に日傘の忘れ物があった。何か思い当たるものがあったのか、右京は小さく声を上げてエントランスの方へ走っていった。外に出るとバス停のベンチに和服を着た美しい婦人が座っていた。

「失礼ですが……この日傘、あなたのものではありませんか？」

右京が差し出すと、何か深い考え事をしていたのか、その婦人はキョトンと顔を上げ、

「あら。どうして私のものだと？」

と立ち上がった。

「柿染めの日傘なので、和装の女性のものではないかと」

右京が答えると彼女は楚々《そそ》と微笑んだ。

「柿染めだなんて、お着物にお詳しいのね」

「知人に着物の好きな女性がいるものですからねえ」

「ああ、そう」

「やはりそうでしたか」

右京が両手で捧げて手渡す。

「どうもありがとう」

婦人は品のいいお辞儀をして、受け取った日傘を開いて頭上にかざした。そうして寂しそうな声で、

「でも、もう日傘はいらないわね」

と呟いた。

「夏はまた来ますよ」

右京が当たり前のことを当たり前に言うと、彼女はまるで世間話でもするようにあっさりと言った。

「さっき聞いたんですけどね。来年の夏には私、もうこの世にいないのよ」

「はい？」

あまりに唐突で、あまりに劇的な告白に、右京はしげしげと小首を傾げた美しい顔をのぞき込んだ。

その和装の麗人の名は高塔織絵《たかとうおりえ》。歌壇で知らない者はないくらい有名な女流歌人であった。


「早めに抜いたほうがいいと思うよ。ねじ曲がった親知らず、定期健診で言われたんだろ？　でっかい病院で歯茎切開して引っこ抜けって」

結局病院にかからずじまいだった右京に、隣の組織犯罪対策五課の角田六郎が忠告した。

「いいんです。別に今、痛んでるわけではありませんから」

「ヘッ、また強がって。大体なんでわざわざこの間病院行ったのに、治療せずに帰ってきたのよ？」

角田が半分からかうような口調で言った。

「たまたま知り合った方を車で送って差し上げたので」

右京が答えたところに、デスクの上の電話が鳴った。

「はい、特命係神戸です」

受話器をとった尊が意外そうな顔をした。

――高塔と申しますが、杉下右京さんをお願いします。

その相手は声だけからでも品の良さが伝わってくる女性だったのだ。

「はい、少々お待ちください」受話器を押さえた尊は、「高塔さんとおっしゃる女性の方です」と意味深な目つきで右京に回した。

「お電話替わりました、杉下です。先日はどうも。……ええ、ええ、構いませんよ。暇ですからすぐに伺いましょう。では」

脇で聞き耳を立てていた角田と尊は、電話が終わるとわざとらしい咳払いをした。そうして上着を手にそそくさと外出の用意をする右京に、尊が訊ねた。

「勤務中でございますが、どちらへ？」

「もちろん、職務の一環ですよ」

襟を正して小部屋を出てゆく右京を、

「はあ。ということはぼくもついていっていいわけだ」

呟きながら尊は追いかけた。

二

「高塔織絵、女流歌人。へえー、あの五七五七七の短歌を詠む人なんですか」

「そうですよ」

織絵の家に向かう坂道を上りながら、尊はスマートフォンでプロフィールを検索していた。

「〝十代で〈器の会〉の主宰、浅沼幸人《あさぬまゆきひと》に師事。二十三歳で第一歌集を発表し、一躍歌壇の脚光を浴びる。その後、話題作を続々と発表して受賞歴を重ねる一方、二〇〇三年、〈器の会〉の主宰を引き継ぎ、活躍を続けている〟……杉下さん、すごい人知ってるんですね」

プロフィールを読み上げた尊は、素直に感心した。

「偶然、知り合っただけです」

右京はこともなげにそう言うと、尊の先を歩いた。


織絵は右京への相談の内容を明かした。

何でも、身辺整理をしようと手紙や昔の短冊《たんざく》などを庭で火にくべているときに、手にした文箱《ふばこ》が小さな音を立てるので、調べてみると、底が二重になっていて、なかに綿に包まれた青い小瓶が入っていた。もちろん織絵が見たこともないその青い小瓶の中身は透明な液体で、大学の薬学部に勤めている知人に調べてもらったら、あろうことかそれは毒物だった。

「毒？」

あまりに物騒な話に、尊が声を上げる。

「ええ、それもごく少量で人が死んでしまうほどの猛毒」

右京はその文箱を子細に調べながら訊ねた。

「ところで、これはどなたの文箱なのでしょう？」

「これは桐野《きりの》孝雄《たかお》という人の文箱でした。桐野は私が二十歳《はたち》の学生の頃に、結婚を約束した人でした。この人よ」

織絵はセピア色に日焼けしたモノクロ写真を右京に渡した。

「失礼」

その写真には歳もバラバラな男女十数人が写っていた。織絵はその中のひとりを指さし過去の辛い思い出を語った。

短歌の会で知り合った桐野は機械部品工場の工員だったので、頭の固い織絵の両親は交際に反対した。それで織絵は家を出て、桐野の下宿で一緒に暮らし始めた。ところがその年の夏、織絵が大阪に嫁いでいる姉の所に今後のことを相談しに行っている間に、桐野は毒を飲んで死んでしまったというのだ。

「服毒自殺ですか」

尊の言葉に織絵は頷いた。インスタントコーヒーに毒を入れて飲んだらしかった。

「遺書はあったのですか？」

右京が訊ねると、織絵は首を振った。

「いいえ。でも桐野は元々体が丈夫なほうではなくて、その頃も過労で時々倒れたりしてましたから」

「ああ、警察では、将来を悲観して衝動的に自殺したんだろう、と」

尊が頷いた。

「よろしければ、桐野さんが発見された時の様子を教えていただけますか」

右京が請うと、織絵は遠く過ぎ去った出来事を、ありありと思い浮かべながら話した。

発見したのは桐野の無断欠勤を不審に思って様子を見に来た工場の人たちだった。桐野は窓のすぐ横に倒れていて、毒の入ったコーヒーのカップは窓辺に置かれていたらしい。ちなみにカップにもインスタントコーヒーの瓶にもスプーンにも、桐野の指紋しか残っていなかった。

「じゃあ、この二重底から見つかった青い毒の小瓶は……」

話を聞いていた尊が言いかけると、右京が続けた。

「桐野さんが服毒に用いたものでしょうねえ」

織絵も頷いた。

「私もそう思うわ。でも、おかしくありません？」

「はい？」

右京が聞き返す。

「毒を飲んで自殺しようとした人が、一体なんのために毒を隠したのか」

尊が腕を組んで考える。

「確かに、遺体が見つかれば体内から毒が検出されて、毒を飲んだことはすぐにわかりますからね。で、その肝心の小瓶なんですけど、どちらに？」

「調べた後、ちゃんと向こうで廃棄していただきました」

「えっ？」

尊が信じがたいという顔で聞き返すと、織絵は無邪気な少女のように顔を顰《しか》めた。

「だって毒なんですよ。危ないじゃありませんか」

「いやあ、しかしその小瓶があれば、指紋とかも調べられたんですけど」

残念がる尊を他所に、右京が別の角度から質問を繰り出す。

「桐野さんが発見された時、部屋の鍵は閉まっていましたか？」

「いいえ」

「ではその夜、あなたが部屋にいないことを知っていた人物はいますか？」

「ああ、短歌の会の人はみんな知ってました。前の週の会で、私、週末には大阪に行くって話しましたから」

「なるほど」

右京の思案顔を織絵がのぞき込んだ。

「他殺の可能性を考えてらっしゃるのね？」

「おっしゃるとおり」

「事件の夜、部屋にはもうひとりの人物がいた」

織絵は恐々《こわごわ》と訊いた。

「ええ。その人物が桐野さんの目を盗んで、コーヒーカップに毒を入れて彼を殺害した」

尊の言葉を右京が受けた。

「仮にそうだとしても、その人物が毒を隠したかったのであれば、単に持ち去れば済む話です。なぜその人物はわざわざ文箱の二重底に隠したのでしょう？」

織絵は祈るような表情で右京に言った。

「青い毒の小瓶の謎、解いていただけます？」

「やってみましょう」

右京は力強く頷いた。

「それにしても、高塔織絵さんは不思議な方ですねえ」

その夜、特命係の小部屋に戻ってきた右京は、ティーカップを片手にしみじみと言った。

「ええ、まあ。鋭いんだかおっとりしてるんだか」

尊が深く考えずに同意したが、右京の指しているのはまったく別のことだった。

「いや、ぼくが不思議だと思うのは、彼女が〝毒の小瓶の謎を解いてほしい〟と言ったことです」

「どうしてそれが不思議だと？」

「彼女はずっと自殺だと思っていたかつての恋人が、他殺だったかもしれないと初めて疑いを抱いたんですよ。本来だったらば最も知りたいのは、毒の小瓶の謎ではなく、誰が恋人を殺したのかということだとは思いませんか？」

細かな言葉の綾を捉えて熱っぽく語る右京を見て、この人こそ不思議な人だと尊は大きくひとつため息を吐き、

「なるほど」

と頷いた。

三

翌日、尊は消息が分かる〈器の会〉の昔の仲間を訪ねた。まず、現在は弁護士として

個人事務所を構えて活躍している島津《しまづ》典史《のりふみ》に面会した。

「そうですか。今頃になって毒の小瓶がねえ」

島津はその奇遇にしみじみ感じ入った。

「確か島津さんも桐野さんと同じく〈器の会〉の立ち上げメンバーのおひとりでしたよね？」

「ええ……まあ、桐野君とぼくはメンバーの中では短歌の腕前が今一つパッとしない部類でしてね。ま、いわゆる凡手《ぼんしゅ》ってやつでしたよ」

島津はちょっと恥ずかしそうに頭を掻《か》いた。尊が本題に入る。

「ところで、たとえばなんですが、当時桐野さんの周りに彼を恨んでいたような人はいませんでしたか？」

島津は意外な質問だとばかりに、聞き返した。

「恨んでいた人？　いや、彼は素朴な人柄でしたからね。私の知る限り、彼を恨んでるような人はいませんでしたよ」

「では、桐野さんの死後、高塔さんに言い寄った男性はいませんでしたか？」

この質問には即座に答えた。

「ええ、いましたよ」

「その方のお名前を教えてもらえますか」

尊がメモを片手に身を乗り出したが、島津の答えに肩透かしを食らった。

「当時、〈器の会〉にいた男、ほぼ全員です」

「えっ？」

島津は愉快そうに続けた。

「いやあ、いまだに彼女はあれだけの美人だ。当時はもう、みんなが彼女に夢中でしてね」

「そうだったんですか」

島津はさらに重ねた。

「あの頃、下心抜きで彼女に接していたのは、浅沼先生くらいでしたね」

「浅沼さんというのは、確か〈器の会〉を旗揚げした人ですよね」

「ええ、浅沼先生は人格者でしてね。厳しい人だが本気で歌を志す者には助力を惜しまなかった。まあ先生と高塔さんは歌のことになると一切の妥協がないというか、横から見ていても火花を散らすようなところがありましてね。彼女を指導し、歌人として成功する道筋をつけたのも、浅沼先生でした」

島津は立ち上がって書架に向かい、そこから短歌の雑誌を取り出した。開かれたページには、〈器の会〉を回顧する浅沼のインタビュー記事が載っていた。

「しかし、もう四十二年ですか」

島津は感慨深げに遠くを見た。

同じ頃、右京はその浅沼幸人の自宅を訪れていた。浅沼はその物腰と風貌から、歌壇を背負って立っている威厳と同時に、繊細さに裏打ちされた包容力をも感じさせる人物だった。

和室にソファを置いた応接間に右京を通した浅沼は、正対して早速切り出した。

「ところで、今日は亡くなった桐野孝雄君のことでいらしたそうですが」

「実は、当時見つからなかった毒の容器が、つい最近、桐野さんの文箱の二重底から見つかりまして」

「文箱の二重底?」

右京の口から出た意外な事実に、浅沼は鸚鵡返しで応えた。

「ええ、それで当時のことなどを少しお聞かせ願えればと」

「私でお役に立てることでしたら」

浅沼は居住まいを正した。

「早速ですが、当時、浅沼先生は桐野さんが自殺したと聞いて、どう思われました?」

「正直言って驚きました。仕事がきつくて体がつらいとは聞いていましたが、そこまで思い詰めているとは思いませんでしたから」

浅沼は率直に答えた。

「桐野さんは普段から、気持ちを外に見せない方だったのでしょうか？」

「いや、むしろ飾らない純朴な青年でした」

「そうですか」

そこで浅沼は思い出したように右京に提案した。

「そうだ、杉下さん。桐野君が作った歌をぜひ読んでみてください。歌には人柄がそのまま出ますから。高塔君が彼の短歌ノートを持ってると思います」

右京が頷いて質問を変えた。

「なるほど。時に浅沼先生、先生からご覧になって、高塔織絵さんはどんな方でしょう？」

浅沼は一瞬考えて慎重に言葉を選んだ。

「高塔君ですか……聡明で情熱的で、とても才能のある歌人だと思います。この間も電話で次の歌会のテーマに『セ』はどうかと言ってきましてね」

「『セ』ですか？」

聞き返す右京に、浅沼は傍らのメモ用紙に鉛筆で漢字一文字を書いた。

「背中の『背』です。高塔君らしい意欲的なテーマだと思いました。彼女はまだまだこれからが楽しみな歌人ですよ」

浅沼は弟子の成長ぶりを慈《いつく》しむように空を仰いだ。

「どうして桐野の短歌ノートを？」

右京がその足で織絵のもとにノートを借りに行くと、織絵は不思議そうな顔をした。

「歌には人柄がそのままに出る……浅沼先生にそう伺ったものですから」

右京が縁側に腰を下ろし、ノートを開いて読みながら答えると、脇に座った織絵が驚いたように聞き返した。

「先生の所にいらしたの？」

「ええ。あ、浅沼先生にはまだご病気のことを話していらっしゃらないようですねえ。師弟として四十年以上の間柄なのに」

「話して治ります？」

織絵は諦め顔で右京に言った。

「ぼくには話しましたよ」

織絵は微笑んだ。

「でも、赤の他人だからこそ話せることもあるでしょ。第一、あなたは私のこと心配しないもの」

右京は苦笑して桐野のノートに再び目を落とした。

「何かわかりました？」

織絵は身を乗り出してノートをのぞき込んだ。

「桐野さんはとても優しい方で、あなたは意外に心配性だった……というところでしょうかねえ」

それを聞いて織絵が桐野の歌を暗唱した。

「〝夜明けまで　われを案ずる　妻ありて　飲める薬は　苦く悲しき〟」

続けて右京が読み上げた。

「〝一杯の　水飲みたしと　目覚むれば　妻も目覚めて　水かと問ひき〟……桐野さんの歌には、彼を案ずるあなたのことが多く詠われていますねえ」

「ええ、桐野は本当に優しかった」

昔を懐かしんでいる様子の織絵に、右京はもっとも気にかかっていることを訊ねた。

「高塔さん、昨日あなたは他殺の可能性に言及した上で、青い小瓶の謎を解いてほしい、とおっしゃいました。犯人を見つけてほしい、ではなく。なぜでしょう？」

織絵は静かに立ち上がって、縁側から庭に降りた。

「あなたが青い小瓶の謎を解いてくだされば、桐野の最期がはっきりしますでしょう？」

「つまり、自殺か他殺か」

右京も立ち上がる。織絵は声のトーンを変えて、告白するように言った。

「杉下さん。私、自殺ではない可能性もある、そう思った時、なんだか嬉しかった。恐ろしいことかもしれませんけど、嬉しかった……」

夜、それぞれの仕事を終えて特命係の小部屋に戻ったふたりは、その成果を報告しあった。

まず、織絵の言葉を右京から聞いた尊が、しみじみ言った。

「それは当然だと思いますよ。一緒に暮らしてた恋人に自殺されたら、誰だって自分を責めますよ。どうして助けられなかったのか、って。しかし他殺なら話は別です。まあ、他殺は恐ろしいことですけど、それでも長年の自責の念からは解放されますからね」

「本当にそういうことなんでしょうかね」

懐疑的な右京の反応を他所に、尊は自らの成果を報告した。

「いずれにせよぼくのほうは、どの同人に訊いても島津さんと同じような話でしたね。当時、桐野さんの周りにはトラブルはなく、高塔さんと桐野さんは深く愛し合っていた」そこで言葉を切った尊は思い出したように付け加えた。「あっ、桐野さんが亡くなった時、高塔さんはショックで倒れて通夜にも葬儀にも出られなかったそうです」

それを聞いた右京は立ち上がって尊に歩み寄った。

「それ、本当ですか？」

尊はその勢いに気圧されながら答えた。

「ええ。だって当時、高塔さんはまだ二十歳だったんですよ。ショックで倒れても不思議だと思いませんけど。とにかくぼくは明日、この件を担当した退職刑事に会ってきます」

右京は今度は別の意味で驚いて訊ねた。

「きみ、四十二年前の担当刑事を突き止めたのですか？」

尊は得意げに答える。

「はい、半日所轄で調べに調べて突き止めました。たったひとりで」

「神戸君！」

「な、なんですか？」

尊はまた右京の迫力に後じさった。

「きみ、意外に根気強い」


次の日、右京が織絵を訪ねると、蟬しぐれのなか、織絵は家の近くの公園の東屋《あずまや》で本に目を落としていた。

「少しお訊きしたいことがありまして。家政婦さんからこちらだと伺いました」

「ここで勉強するのが習慣なの」

東屋の前には大きな池があり、池の真ん中の噴水が晩夏の暑気を払っていた。

「気持ちのいい場所ですねえ」

右京が周囲を見渡す。

「ええ。心が落ち着いて言葉がよーく体に入ってくる」織絵は本を置いて、「訊きたいことってなんですの？」と立ち上がった。

右京が切り出す。

「桐野さんが亡くなった時、あなたはショックで倒れて通夜にも葬儀にも出られなかったと聞きました。それは本当ですか？」

「ええ、本当です。どうして？」

右京は率直に自分の考えを述べた。

「ぼくは人の本質はそう変わらないものだと思っています。ご自分の死には落ち着いて向き合っていられるあなたが、恋人の通夜にも葬儀にもショックで出られなかったということに、少し違和感を覚えました」

その言葉を聞いて、織絵は覚悟を決めたように右京を向いた。

「では、正確に言うわ。私はショックで、お腹にいた桐野の子を流産して入院していたの」

重ねて右京が訊ねる。

「桐野さんは、あなたの妊娠をご存じだったのですか?」

織絵は首を振った。

「いいえ、桐野が妊娠を知れば、また無理を押して働いて体を痛めるかもしれない。それが心配でまだ話してはいなかったの。だから私が流産するまで、妊娠のことはだあれも知らなかったのよ」織絵はそこで言葉を切り、そっと空を仰いだ。「あの朝、病院で目を覚まして、窓から見た空の色。今もはっきり覚えてるわ。どこまでも青い、本当に切れるような青空だった」そうして右京を振り返りにっこり笑った。「それより、青い小瓶の謎、少しは解けました?」

「今のところ、桐野さんに殺されるような理由は見当たりません。無論、周りの誰も知らないような理由、つまり桐野さんと犯人しか知り得ない理由で殺された可能性も否定できません。ただ、もうひとつだけ全く別の理由も考えられます」

右京は右手の人さし指を立てた。

「何かしら?」

「あなたです」

「私?」

織絵はキョトンと右京を見た。

「あなたの人生にはふたりの男性がいます。ひとりはあなたが二十歳の頃に愛した人。もうひとりはその人の死後、四十年余りかけてあなたを一流の歌人に育て上げた人」

織絵は少々憮然として質問を繰り出した。

「浅沼先生が、なんのために桐野を殺すの？」

「もしそうだとしたら、あなたの才能を開花させるため」

それを聞いた織絵は、右京の目を怖いくらいじっと見つめ、それからニコッと微笑んだ。

「杉下さん、先生は歌の才能のために人を殺すような人ではないわ。それに、私の人生に男性がたったふたりきりだなんて、寂しいこと言わないでちょうだい。私に言い寄ってきた男性は若草山《わかくさやま》の鹿の数より多いわよ」

織絵はそう言って右京の肩をぽんと叩くと、鈴の音のような笑い声をあげて去っていった。

一方、意外に根気強い尊の方は、その日さんざんな目に遭っていた。四十二年前の担当刑事、山上等《やまがみひとし》元巡査部長は、定年退職後、徒歩以外に交通手段のない山の中に住んでいた。晩夏の太陽が照りつけるなか、尊は汗を拭き拭き山の斜面を登っていった。

「神戸君、なんでしょう？」

特命係の小部屋に帰ってきた尊がデスクの上に無造作に置いたビニール袋を見て、右京が言った。

「きみ、枝豆採りに行ってたんですか?」

ビニール袋の中身はあふれんばかりの枝豆だった。

「いいえ、違います。これは山上元巡査部長からのお土産です」

尊の苛立ちも他所に、右京が訊ねる。

「それはどうもありがとう。で、何かわかりましたか?」

尊は大きなため息をひとつ吐き、気持ちを静めた。

「ええ、それも決定的なことが」

山上元巡査部長は採れたての枝豆を洗いながら当時のことを話してくれた……。

桐野が亡くなったのは蒸し暑い夜だった。桐野と織絵の住む下宿屋の玄関脇の縁台で、たまたま近所の老人がふたり、夜通し賭け将棋をやっていた。そのふたりの証言で、桐野が亡くなった晩に下宿屋に出入りした人間はいないとわかったのだという。

「杉下さん、ぼく思うんですけど、桐野さんがひとりだった以上、やっぱり彼の死は自殺だったんじゃないでしょうか」

右京は無言で自席に戻り、机の上に置いた桐野のノートをめくって気にかかっていた歌を探し当て、読み上げた。

「〝うしろめたきほどに　真白き薬包紙《やくほうし》　そろへて並べ　妻は眠りぬ〟

〝咳やまぬ　我の背さする妻の手に　夕餉の菜の　かすかににほふ〟」

そうして立ち上がって虚空を睨んだ。

「なるほど。毒の小瓶の謎が解けました」

四

翌日、右京は件《くだん》の公園に織絵を呼び出した。

「これはあくまで仮定の話です」

「聞かせてちょうだい」

日傘を差した織絵は、覚悟を決めたような声で、右京に請うた。

「桐野さんが亡くなった夜、部屋を訪ねた人はいなかった。これにはご近所の老人の証言がありました。問題の夜、桐野さんはひとりだった。つまり毒は彼が自分でコーヒーに入れ、その後、自分で文箱に隠したことになる」

「桐野は自殺だとおっしゃるの？」

織絵はすがるような目で右京を見た。

「いいえ。ぼくの出した結論は違います。仮に犯人をXだとしましょう。Xは桐野さんと顔見知りで、あの日、あなたが部屋にいないことを知っていた人物です。問題の日、

Xは桐野さんが工場から帰る途中で声をかけた。そして言葉たくみに毒物を渡し、飲むよう促した。たとえばこんなふうに……〝コーヒーなんかに少し入れて飲むと、疲れが取れるそうだよ〟……もちろんXは自分から毒が渡ったと知れないよう桐野さんに口止めしたはずです。たとえば、〝もうこれしかないから、ぼくからもらったことは誰にも言わないでほしい〟と。帰宅した桐野さんはXに言われたとおり、コーヒーにそれを少し入れ、それから小瓶を文箱の二重底に隠した。あなたに見つからないように。そして、毒入りと知らずにコーヒーを飲んだ」

そこまでを夢中になって聞いていた織絵は、右京に訊ねた。

「なぜ私に見つからないように？」

「あなたが問題の小瓶を見たら、当然これは何かと訊ねます。嘘のつけない桐野さんは、疲れに効くんだと答える。そう聞いたら心配性のあなたは、なんと言いますか？」

織絵は自分に問うてみた。

「疲れがたまっているのかと訊ねるわ。また具合が悪いのかと……」

そこで右京が遮った。

「そうです。桐野さんは、あなたに心配をかけたくなかったんです。それともうひとつ。誰からもらったのかと訊かれても、Xに口止めされていますから答えることができない。それで、あなたに見つからないように小瓶を隠したんです。おそらく桐野さんが小瓶を隠したことは、Xにとっても予想外のことだったと思いますよ」

織絵は息を呑んで訊ねた。

「では、杉下さんの考えでは、桐野は……」

「ええ、殺された可能性が高い。Xが誰であるかはまだ特定できませんが。今、お話したことは全てぼくの推測です。証拠はありません」

織絵は右京に深々と頭を下げた。

「それで十分、謎を解いてくださってありがとう」

そうして踵を返して静かに歩み去ろうとした。

その背中に右京が声をかけた。

「高塔さん、真実を確かめたいのではありませんか?」

振り返った織絵はまぶしいくらいの笑みを浮かべて首を振った。

「いいえ。四十二年も昔のことです。もう確かめる術《すべ》もないでしょう?」そうして何かを思い出したように、「あっ、杉下さん、あの文箱お礼にあなたに差し上げるわ。いつか取りにいらして」とだけ言い置いて去っていった。

その一部始終を特命係の小部屋で聞いた尊は、ペットボトルの炭酸水を飲みながら言った。

「彼女の気が済んだんならもういいんじゃないですか。四十年以上前の事件なんですから。そのXが誰だかわかっても逮捕できるわけでもなし。この辺で区切りをつけて、ねじ曲がった親知らず抜きに行ったほうがよろしいかと……あっ、そういえば、高塔さんと病院で知り合ったって言ってましたけど、どんなきっかけで?」

尊に訊かれて右京がさりげなく答えた。

「ああ……傘を忘れましてね」

「傘?」

そのとき、右京の頭には日傘が置かれていた公衆電話スペースの一角がありありと浮かんだ。そして何かに思い至り、表情を急変させた。

「神戸君」

「はい」

「いいことを訊いてくれました」

「えっ?」

尊は何のことかわからずに、キョトンとするのみだった。

一方の右京は慌てた手つきでハンガーから上着を取った。

「確かめたいことがあります」

「どこに行くんですか?」

「浅沼さんのお宅です」

言うなり小部屋を出ていった右京の後を、尊は必死で追った。

五

ところがその頃、浅沼は自宅を離れていた。

「お待ちしておりました」

「ああ」

浅沼が玄関のチャイムを鳴らすと、内側から織絵が引き戸を開けた。相変わらず着物の趣味がいい、と浅沼は思った。

「今日は家政婦さんがお休みで」

応接間に通されると、織絵が自ら淹《い》れたコーヒーをテーブルに置き、どうぞ、と浅沼に勧めた。

「ありがとう。考えてみると、高塔君の家に来るのは初めてのことだね」

「はあ。すみません、急に呼びつけたりして」

織絵は盆を下げた。

「構わないよ。歌会のテーマのことで相談があるそうだね？」

「ええ、でも、お話はコーヒーをいただいてからにいたしません？」

いた。

「そうだね」

そこで織絵は思い出したように手を叩いた。

「あっ、そうそう、お友達からとてもいいものをいただいたんですよ」

そして背後のカップボードに駆け寄り、戸棚から青い小瓶を取り出してテーブルに置いた。

「これ、コーヒーなんかに少し入れて飲むと、疲れが取れるそうなの」

織絵が静かにそう言うと、浅沼は、そう、と顔色ひとつ変えずにその小瓶を手に取り、蓋を取ってなかの透明な液体をコーヒーに入れた。そしてスプーンでかきまわすと、カップを静かに口元に運んで何度かに分けて飲んだ。

織絵は浅沼の挙動のひとつひとつ、顔色のどんな変化も見逃さないように凝視《ぎょうし》していた。しかし、浅沼にはなんら躊躇《ためら》ったり、疑ったりする気配は感じられない。

その姿を見ているうちに、織絵は遣りきれない思いが胸に込み上げてきて、思わず涙ぐみ、

「さようなら」

と呟いた。

浅沼が出かけたことは、住み込み書生の田中幹夫《たなかみきお》でさえ知らなかった。右京と尊が浅

沼宅に到着し、案内を請うと、浅沼の書斎は空で、代わりに机の上に美しい楷書《かいしょ》で表書きされた遺書が載っていた。

「遺書⁉」

田中が驚いて叫んだ。右京が早速封筒の中身を確かめると、和紙の巻紙に、表書きと同じく楷書で遺書が認《したた》められていた。

「浅沼先生は四十二年前の罪を告白し、自ら命を絶つと書いてあります」

右京が遺書の内容を尊と田中に告げた。


右京と尊が織絵の家に駆けつけたときには、もう周囲にパトカーが何台か停まり、捜査員や鑑識員であたりは騒然としていた。

「神戸君」

応接間に入るなり、テーブルの上に青い小瓶が置かれているのを見つけた右京は、尊に声をかけた。

「毒を処分したなんて嘘だったんだ」

尊が呟く。そのとき奥の間から捜査一課の伊丹憲一と芹沢慶二が出てきた。

「あれじゃ、どうしようもないっスね」

芹沢がぼやくと、伊丹もうなった。

「うーん、茫然自失、ってやつだな」

とそのとき、目の前に現れた特命係のふたりを見て芹沢が顔を顰める。

「杉下警部たちが、なんでこんな所に？」

「失礼」

いつものごとく迷惑そうな顔をする伊丹の脇をすり抜けて、右京と尊は奥の間に向かった。すると板の間の籐椅子に、廃人のように正体をなくした浅沼が座っている。その傍《かたわ》らで捜査一課の三浦信輔が、

「大丈夫ですか？　ま、落ち着いたらお話聞かせてください」

と声をかけていた。

「まさか……」

その状況を見た右京が呟いて、奥の間に進み入る。

芹沢が止めようとするが、

「いい、ほっとけ！」

と吐き捨てて伊丹がそれを遮る。

「あっ⁉　どうして高塔さんが……」

尊が叫ぶ。奥の間の畳の上には織絵が静かに横たわっていた。半分うつ伏せになり右手を大きく前に突き出して、畳に頬をつけた死顔は抜けるように蒼白な分、唇の紅が妙

に際立っていた。

「杉下警部……」

その傍らで鑑識課の米沢守が現場検証を進めていた。

「米沢さん、少しよろしいですか」

「ええ」

右京が米沢を応接間に連れ出した。

「発見時、高塔織絵さんは右手に何か握っていませんでしたか？」

「お気づきになりましたか。右手にこれを」

米沢はビニールの小袋に入った透明な小瓶を差し出した。

「失礼」

右京が手に取ってそれを熟視する。米沢が付け加える。

「中には大変毒性の強い劇薬が入ってました」

「彼女はこの小瓶の毒を飲んで、自ら命を絶った？」

右京の問いに米沢が頷いた。

「ええ、指紋の位置、付着頻度からみて、第三者が小瓶を握らせた可能性はないですね。

まず自殺に間違いないかと」

それを聞いていた尊が、混乱して問いかけた。

「ちょ、ちょっと待ってください。どうして高塔さんが自殺しなければならないんです？　それに……これは？」

尊はテーブルの上に置かれた青い小瓶を手に取った。米沢がそれを指して、

「ああ、その青い瓶。私も気になって先ほど調べてみたんですけども、中身は全く無害な液体でした」

と報告すると、

「無害？　一体どういうことでしょう？」

尊がますます混乱する。右京が尊の手から青い瓶を受け取った。

「おそらく高塔織絵さんは、この青い小瓶の毒をあらかじめ無害な液体に入れ替えておいた。そしてこの透明の小瓶に移しておいた毒を飲んで自ら命を絶った。もちろん高塔織絵さんにはそうするだけの理由があったということです」

右京のメタルフレームのメガネの縁が、鈍い光を放った。

六

数日後、右京と尊は織絵が亡くなった奥の間で、浅沼と膝を突き合わせていた。

「教えてもらえませんか。なぜ彼女が自ら命を絶ったのか」

あの日の衝撃からまだ醒《さ》めやらぬ風の浅沼が右京に問うた。

「四十二年前、桐野孝雄さんを殺害したのはあなたですね」

「そうです。この遺書に書いてあるとおりです」

浅沼は手元に置いた遺書の封筒を指した。右京が訊ねる。

「しかし、動機はなんでしょう？　あなたの遺書には桐野さん殺害の動機について一切書かれていません」

浅沼はわずかに首を傾げた。

「それが、彼女の死と関係があるのですか？」

右京が答える。

「ええ、それが高塔織絵さんの死の謎を解く鍵なんです」

しばし考えていた浅沼は、意を決して告白した。

「私は彼女の才能を卑俗な結婚生活にうずもれさせないために、桐野君を殺した」

「しかし、彼女はかつて確信を持ってぼくにこう言いました」

――先生は歌の才能のために人を殺すような人ではないわ。

そのときの織絵の表情を思い浮かべながら、右京が訊ねた。

「あなたはひょっとして、四十二年前から高塔織絵さんを愛していたのではありませんか？」

浅沼は一拍置いて、深く頷いた。

「そうだ。私は彼女を愛していた」

尊が疑問をぶつけた。

「しかし、あなたは桐野さんが亡くなった後も彼女に近づこうとはしなかった。それはなぜですか？」

浅沼はふたりから目をそらし、立ち上がった。

「怖かったんです、彼女を失うことが……」

そして空を見上げて、そこに悲しみをぶつけるように言った。

「桐野君の死後、彼女はその苦しみを全て歌に注ぎ込んで、圧倒的な才能を開花させた。まさに女神《ミューズ》のように。私は恐れた。男として彼女に近づき、もし軽蔑されたら……彼女は去り、私は永久に彼女を失うことになる」

浅沼の背中に右京が語りかけた。

「あなたはそうなることを恐れて、長い年月、師としての顔を貫き通したんですね？」

浅沼は右京を振り返った。

「杉下さん、虫がいいと思うかもしれないが、いつか彼女が真実に気づいた時は甘んじて復讐を受けると決めて生きてきた」

「ぼくが突然現れて桐野さんの事件のことを訊ねた日、あなたはついにその時が来るのだと思った。あなたはぼくに桐野さんの歌を読ませ、青い小瓶の謎を解かせようとしたんですね？」

「ああ」

「あなたは彼女の復讐を受けるべくここに来ました。あなたが四十二年前の罪を告白し、自ら死を選ぶと書いた遺書を残したのは、彼女を守るため。彼女に殺されたのちも、彼女に殺人の罪が及ばないようにするためですね？」

浅沼は首肯した。

「そのとおりだ。彼女は私に復讐する権利があったんだ。なのになぜ？」

浅沼は打ちのめされた顔つきで訊ねた。尊がそれに答える。

「浅沼さん。あの日、彼女がしようとしていたのは復讐ではなかったんです」

右京が続ける。

「そう。あの日、高塔織絵さんは最後の賭けに出たんです」

「賭け？」

浅沼は怪訝そうに聞き返した。そんな浅沼に、右京が逆に訊ねる。

「彼女があと半年の命だったことはもうご存じですね？」

「ああ」

「彼女が告知を受けた日、ぼくは偶然、彼女の日傘を見つけました。日傘は公衆電話の脇に置き忘れられていました。自分の命があと半年だと知ってすぐに、彼女は電話をかけたんです。浅沼先生、あなたにです」

「確かに電話はあった。しかし、次の歌会のテーマに『背』はどうですか、という話だけで、病のことなど何も話さなかった」

右京が静かに言う。

「彼女は話したかったのではなく、聞きたかったのではないでしょうか」

「聞きたかった？」

「ええ。彼女はただあなたの声が聞きたかった……来年の今頃、自分はもうこの世にいない。初めてそれを知った時、彼女はただ、あなたの声が聞きたかったのだと思います。高塔織絵さんは、ぼくにこう言いました」

――自殺ではない可能性もある、そう思った時、なんだか嬉しかった。恐ろしいことかもしれませんけど、嬉しかった……。

右京が続ける。

「彼女は自分の気持ちが恐ろしいものだとわかっていた。それでも桐野さんが殺されたのだとしたら、犯人はあなたであってほしいと願った。あなたが桐野さんを殺したのなら、それはあなたが彼女を愛していたからに違いないからです」

「まさか……」

絶句した浅沼に、右京が重ねる。

「四十年以上、歌の世界を共に生きてきたあなたを、高塔織絵さんもいつの日からか愛していたんです」

尊がそれを受ける。

「彼女はあなたに愛されているかどうか、確かめたかったんです」

右京は織絵がどんな心理で自殺に至ったかを、言葉で再現した。

「あの日、彼女はあらかじめ青い小瓶の毒を無害なものに入れ替え、装いを凝らし、あなたを家へ招いた。あなたが犯人なら、あれが毒の小瓶だと知っているはずです。犯人なら決して飲まない。しかし、犯人でなければ知らずに飲むでしょう。彼女はあなたが飲まないことに賭けた。ところが、彼女の復讐だと思い込んでいたあなたは……罰を受けるべくあえて黙って飲んでしまった。その瞬間、彼女の望みは絶たれた。あなたは犯人ではなかった。自分はやはりあなたに愛されてはいなかった。彼女はもう半年、生き長らえる意味はないと思った」

浅沼はそれを聞いて再び茫然自失となった。

「嘘だ。嘘だ……」

そのとき、尊が内ポケットから封筒を出した。

「浅沼さん、これは青い小瓶が見つかった文箱の二重底に高塔さんがしまっていた歌です」

浅沼はその和紙の短冊を受け取った。

〈罪あらば　罪ふかくあれ　紺青の　空に背きて　汝を愛さん　織絵〉

「罪びとを罪もろともに愛する。真っ青な空に背を向けても……そんな歌ですねえ」そこで右京は浅沼を厳しく見据えた。「四十二年前にあなたが犯した罪は、決して許されるものではありません。それでもあの日あなたが彼女に罪の告白をしていれば、彼女を死なせることはなかったでしょう。あなたは軽蔑されることを恐れて、愛の告白ができなかった。命を捨てる覚悟をしてさえも……」そして右京は浅沼に静かに語りかけた。「愛は時に人に勇気を与えます。しかし、愛は時に人を臆病にもします。なんとも、やりきれない出来事ですね」

「私は……私は……」

そう呟いて畳の上に両手を突き、浅沼は激しく慟哭《どうこく》した。

晩夏の空に響き渡る蟬しぐれが、その声をかき消した。

第四話
「ライフライン」

一

江東区《こうとう》の荒川《あらかわ》沿いにある物流倉庫街の一角で、男の刺殺死体が見つかった。被害者の名前は帯川勉《おびかわつとむ》。帯川運送という従業員五名のみの小さな運送会社を営む社長で、死体があった場所も自社の荷物を置く倉庫のなかだった。凶器はカッターナイフで、後ろからひと突きで刺し殺されていた。また、うつ伏せに倒れた死体の口元には殴られた痣《あざ》が生々しくついていた。財布には現金三万円余りがあり、なくなった荷物もなかったことから、犯人の狙いは物盗りではないと思われた。

変わったことがひとつあった。凶器はカッターナイフだったが、指紋は消えていたのだ。その代わり被害者の血糊《ちのり》がべったりとついていて、どうやら被害者が自分の体からカッターを抜いて血だらけの手でグリップを握ったため、消えてしまったようだった。

鑑識課の米沢守から凶器の状態を聞いた捜査一課の伊丹憲一、三浦信輔、芹沢慶二は揃って首を傾げた。

傷口からすると背後からまっすぐに、かなり深く刺さっている。その箇所と角度から、自分で刺したとは考えられなかった。

「殺人《コロシ》に決まりだな」

伊丹が渋く呟いた。

捜査一課の三人は早速、帯川運送をあたった。凶器であるカッターナイフの写真をドライバーたちに見せると、彼らは会社で使っているものだと即答した。

同時に書類関係をあたっていた三浦と芹沢は、借金関係のものが多いことに驚いていた。

「被害者に金貸した人って、一応、捜査対象ですよね?」

芹沢が三浦に確認する。

「ああ、この手の書類の分析には財務捜査官の助けが必要だな。手伝ってくれるかなあ?」

三浦が訳ありの顔をすると、芹沢も、

「捜査二課ですか……」

と顔を顰めた。

警視庁刑事部長室では、刑事部長の内村完爾と参事官の中園照生が、特命係の杉下右京を前に据えていた。

「先の衆院選における公選法違反の洗い出しによって、捜査二課は現在多忙を極めている」

中園の言い方は、いつもの叱責《しっせき》口調とはいささか趣《おもむき》を異にしていた。

「おまえは昔、二課にいたな。それなら簡単な財務分析ぐらいはできるはずだ」

内村も居丈高《いたけだか》ではあるが、いつもの侮蔑したような態度ではない。

「ぼくに二課の仕事を手伝えと？」

右京のポーカーフェイスはいつもと変わらなかった。

「おまえが手伝うのは殺人被害者の財務分析だ」

中園が言い訳のように言う。

「おまえは財務分析だけをすればいい。捜査に余計な口は挟むな。わかったな」

内村が不機嫌そうに言い捨てた。


帯川運送の事務所に電卓を叩く音が機関銃のように響いた。山と積まれた借金関係の書類を前に、右京がすさまじい勢いで計算しているのだ。時おり宙に指で数字を書いて暗算し、その結果を帳簿に記す。その様子を唖然とした顔で見ていた捜査一課の三人の背後に、声がかかった。

「あの、こんなものが被害者のデスクに」

三人が振り返ると、特命係の神戸尊が白い封筒を持って立っている。

「うーん、なぜ神戸警部補殿がここにいるのかが気になります」

皮肉たっぷりの伊丹に、尊が笑って応えた。

「アハッ。一応、あの方の部下ですから。セットだと思ってください」

「ふーん」

納得いかぬ顔の伊丹の隣で、三浦がその封筒を開いた。

封筒の中身は杉田《すぎた》哲明《てつあき》という社員の退職願だった。日付は十一月五日。被害者が殺された日の前日である。

「あのう、一昨日辞めた方がいるようですけど」

三浦が事務所にいる従業員に訊いてみる。

「まあ、歩合給のカットも続いてたんで」

比較的若い従業員が答えた。

「会社苦しかったようですね」

芹沢がその従業員、澤村《さわむら》和也《かずや》に訊くと、背後から右京の声がした。

「苦しかったどころではありません。財務分析の結果、三年前から帯川社長を含めて従業員の給料分全てが赤字です。当然、決算は赤字。借り入れの総額は帯川社長個人を含め、帳簿上で一千万円近く。それも、日に日に増えています。当初は地銀や信金からの借り入れだったのですが、二年前から商工ローン、最近ではカードローンや消費者金融、しかも、二年前から売り上げより借り入れのほうが上回っています」

「怪しげな金融業者ばっかりですね」

　尊が右京の作った帳簿を覗いた。

「専門家に相談すれば倒産を勧められる状態ですねえ。ちょっとお訊きします。帳簿に度々出てくる借り入れ先〈緊急互助会〉というのはどちらの業者かご存じですか？」

　右京が従業員たちに訊ねると、澤村が答えた。

「そういうことはぼくらにはわかりません」

「資金繰りは社長ひとりで動いてたんで」

　その隣の女性事務員が付け加える。

「その業者が何か？」

　伊丹が訊ねると、右京が驚くべき数字を口にした。

「計算したところ、年率千パーセントを超えています」

「千パーセント⁉」

　芹沢が驚きの声を上げる。

「しかも、その借り入れ先だけ書類がありません」

　尊が頷きながら、

「異常な金利、契約書類がない……たぶん、ヤミ金ですね」

と言うと、

「おい、このヤミ金、探すぞ！」

三浦の号令に合わせて捜査一課の三人は事務所を飛び出していった。

捜査一課の三人がまず訪れたのは、被害者宅のマンションだった。

被害者の遺族、妻の郁美《いくみ》とひとり娘の美咲《みさき》を前にして、伊丹が生命保険の証書を突き出す。

「ご主人の死亡時に三千万。奥さんは昨日の夜十時から十二時、どちらに？」

すると郁美は憔悴《しょうすい》しきった顔を引き攣《つ》らせた。

「私を疑うんですか？」

「いえ。事務的な質問ですから」

三浦が断りを入れると、隣に座っている美咲が代わりに答えた。

「その時間ならお母さん、私と家にいました」

「娘さん以外にそれを証明できる方は？」

伊丹が重ねる。郁美は言葉に詰まった。

「そんな……だってそんな時間」

そこへ芹沢がプレッシャーをかけるように咳払いをして帳簿に載っている〈緊急互助

会〉という名前を指さした。

「話は変わりますけれど、この業者、どこのでしょう？」

「知りません。私は会社の経営にタッチしていませんから」

芹沢はさらに借金の覚書を示した。

「この連帯保証人。これ、奥様ですよね？　それで、こちらは奥様のお父様。もう一度伺いますね。この業者、ご存じありませんか？」

郁美はわなわなと震えるのみで、答える言葉を失っていた。


警視庁では鑑識課の部屋で、右京と尊が米沢と事件の整理をしていた。

「死亡推定時刻は昨日六日の二十二時から二十四時頃ですね」

ホワイトボードの前で米沢が尊に説明しているところへ、「米沢さん」と右京から声がかかった。見ると右京の手にはプリントアウトした資料が数枚握られている。

「こちら、被害者の携帯の履歴ですが、この携帯番号の契約者を調べてもらえますか？　この番号だけ何度も着信があるのに、発信履歴にありません。ヤミ金融からお金を借りる場合、借り手が電話をかけるのは最初だけで、あとはヤミ金融からの催促だけになります」

右京の指さした電話番号を確かめた米沢が頷いた。

「なるほど。だから着信だけの番号に注目したわけですね」

その脇で、尊が疑問を口にした。

「え？　ヤミ金って非通知にはしないんですか？」

「借り手が自殺や事件を起こした場合、あからさまに怪しい履歴は捜査対象になりますからねえ」

「なるほど」

尊が納得する。

「こちら、例の〈緊急互助会〉かもしれません」

右京が携帯の番号を指さした。

「捜査本部が調べてると思うので、確認をしておきます」

そのとき尊がデスクの上にあったカッターナイフを指さした。

「これって凶器ですよね」

米沢が応える。

「はあ。これ、ちょっと気になるんですよねえ」

米沢によると、従業員たちが会社で使っているカッターだと確認したあと、妙なことを言ったというのだ。

普通、会社で使うカッターであれば、最初の刃の肩部分は必ず折ってあるはずなのだが、凶器に使われたカッターにはその跡がない。信用第一の運送会社では、もしカッターの刃が折れて荷物のなかに交じってしまうようなことがあれば、それこそ命取りになる。だからそれを常に確認するため、最初の刃の肩を折って印をつけるのだという。

「これ、一枚目の刃、欠けてませんよ。被害者を刺した時に折れちゃったんじゃないですか？」

尊が凶器を指して言った。米沢が首を振る。

「現場《ゲンジョウ》をくまなく探しましたが、ありませんでした。被害者の体のなかからも、解剖の結果見つかりませんでした」

「じゃあ、どこに？」

尊が首を傾げると、右京が被害者の携帯の画面を見て言った。

「おや、携帯にこんなデータが」

それは荷物伝票を写した一枚の写真だった。届け先は新潟県長岡市寺泊《てらどまり》。受付日は昨日になっている。

「つまり、被害者が殺害された日。なんでこんな写真を？」

尊の言葉に、右京も首を傾げた。

「ええ、気になりますねえ」

二

「いい加減にしてください！　さっきの刑事さんに全部話しました。ホントに母が父を殺したと思ってるんですか？」

右京と尊が被害者宅を訪れると、玄関先に出た美咲がいきなり怒りをぶつけてきた。

「うん？　さっきの刑事さんがそう言ったの？」

尊が冷静に聞き返すと、美咲は口ごもった。

「それは……でも明らかに母を疑ってました！」

そのとき、郁美が奥から出てきた。

「美咲、やめて！　近所に聞こえるから」

郁美はふたりの刑事に深く頭を下げて部屋に招じ入れた。

捜査一課の三人に何を訊ねられたかを郁美から聞いた右京は、

「五年前にご主人の入った生命保険が三千万。一般的な金額です。これだけで強制捜査はできません」

郁美を安心させようとそう言ったが、郁美の気持ちは晴れない。

「でも、私が会社の借金の連帯保証してるとか言われて」

「それも社長の奥様としては一般的な行動です」

右京がさらにそう言うと、郁美は茫然として呟いた。

「会社を潰してって……」

「はい？」

右京が聞き返す。

「父を保証人にする前から何度も頼んだのに……〝会社を潰したら明日からどうする？ 社員たちの生活はどうなる？ その家族たちはどうなる？〟ってそんなことばっかり！」

郁美の興奮は次第に募り、ついには叫びに変わった。

「奥さん、落ち着いて」

尊がなだめるが、一向に効かない。

「そうやって潰す機会を逃して、あの人はただ傷を大きくして！ そうやって私たちに迷惑ばっかり！ 遅いわよ。今さら後悔したって」

涙を流しながら、郁美は夫、勉の言葉を思い浮かべていた。

――俺、鬼になるよ。鬼になって社員クビにする。それで会社潰して、故郷に帰るよ。

あの夜、勉は焼酎のロックを一気に呑んで、そう言ったのだ。

「後悔してましたか」郁美に穏やかに声をかけた右京が、右手の人さし指を立てた。

「ひとつ、よろしいですか？」そう言うと被害者の携帯に入っていた例の写真をプリントアウトしたものを尊から受け取って、郁美の前に差し出した。

「このお届け先に心当たりは？」

郁美はそれをチラと見て言った。

「寺泊……主人の故郷です。もう知り合いもいないけど」

「この人は？」

右京が受取人の〈吉澤恭子《よしざわきようこ》〉という名前を指して訊ねると、郁美は首を振った。

「知りません」

「この人に電話で確認したところ、送り主はこの人でした」

尊が内ポケットから〈高森静江《たかもりしずえ》〉という名を書いたメモを出した。

「知りません！　一体なんなんですか？」

郁美は再び興奮を募らせた。

「これはご主人の携帯にあった写真です。なぜご主人はこんな写真……」

右京が言い終わらないうちに、郁美はいきなり立ち上がり、堰《せき》を切ったように感情を露《あら》わにした。

「知りませんよ！　この写真が主人が殺されたことと何か関係があるんですか⁉」

「いや、まだわかりません。落ち着いてくださ……」

尊がなだめかけたが、焼け石に水だ。

「落ち着けるはずないじゃない！　夫が殺されて、その上犯人扱いされて！　私、明日からどうしていったら……どうやって生活していったら……私たち……保険が出るまでどうやって！」

号泣する郁美は取りつく島もなく、ふたりはそっと立ち去るしかなかった。

玄関を出てマンションのエレベーターホールに向かおうとすると、後ろから美咲が呼び止めた。

「刑事さん！　さっきの刑事さんが帰った後、父の部屋を探したら……」

駆け寄ってきた美咲が差し出したのは〈緊急互助会〉の会長の肩書きを持つ〈須磨賢《すまけん》太郎《たろう》〉という男の名刺だった。

「杉下さん、これ……」

ふたりが顔を見合わせる。

「その刑事さん、このこと訊いてたから、だから……」

「どうもありがとう。お預かりしておきますね」

右京はその名刺をポケットにしまった。

「お母さんが落ち着いたら連絡して」

尊が自分の名刺を美咲に渡すと、美咲は思い詰めたような顔で言った。

「まだお母さんを疑ってるの？」

尊が首を振る。

「たぶん何か力になれると思うから、ね。じゃ」

ふたりが立ち去ろうとすると、背後で独り言のように呟く美咲の声がした。

「あたし……」

ふたりが振り返る。

「あたし、今日学校行ったら、すぐ帰れって先生が。お父さんに何かあったみたいだって。もしかして死んじゃったんじゃ……自殺しちゃったんじゃないかって、電車の中で泣いちゃった」

俯いて涙を浮かべる美咲を慰めようと尊が声をかける。

「そっか……大変だったね」

するとそれを打ち消すかのように、美咲が顔を上げた。

「違うんです！　殺されたって聞いてホッとしたの。お父さんの様子が変だって気づいてた。会社大変そうだって。でも声かけられなかった！」

「わかった、落ち着いて」

興奮する美咲を尊がなだめる。

「きっとそのせいで自殺しちゃったんだって……だから私、お父さんが殺されたって聞いてホッとした……ひどい娘なんです！」

「きみが自分を責めても、お父さん、きっと浮かばれないよ」

優しく声をかけた尊を見上げてから、美咲が自問するように俯いて呟いた。

「なんで……なんで殺されたの？」

そして再び顔を上げ、ふたりの刑事を見据えて懇願した。

「お願いです！　父を殺した犯人を見つけてください！」

右京が美咲の前に進み出て、静かに、しかし力強く言った。

「もちろん、犯人を捕まえるために、われわれは全力を尽くしますよ」

マンションを離れ、近くの遊歩道を歩きながら尊が右京に言った。

「大丈夫ですかね？　あの親子」

「突然一家の主《あるじ》が殺され、警察の捜査が入る。取り乱すなというほうが無理かもしれませんねえ」

「借金の整理もあるだろうし……大変ですよね」

尊は先ほどの美咲の姿を思い浮かべていた。

三

ふたりは名刺の住所をたよりに〈緊急互助会〉の事務所を訪ねた。

「住所はここですけど、ホントにヤミ金ですかね？」

尊が名刺とビルの案内板を見比べる。そこには〈中小企業同友会〉とあった。

ふたりがその〈同友会〉を訪ねると、女性の事務員が出てきた。

「ええ、ウチは〈緊急互助会〉の事務所も兼ねてます」

事務員から借りた貸借明細票に目を通して、右京が言った。

「会員から借りたお金を、別の会員に貸し出すシステムのようですねえ。しかも無利子で」

そのとき事務所の扉が開いて、男がひとり入ってきた。

「ああ、互助会の副会長です」

事務員が右京と尊に紹介すると、ノーネクタイでネイビーのブレザーをまとったその男は、名刺を出して挨拶した。

「青木《あおき》配送センターの青木でございます」

「突然お呼び立てしてすみません」

尊が頭を下げた。

右京は早速本題に入る。

「互助会の明細票を見る限り、融資に利子はないようですねえ」

その副会長、青木誠《まこと》は、当然という顔をした。

「ええ、もちろん。会員から会員への純粋な善意ですから」

その後ろから背広にネクタイ姿の初老の男がやってきた。

「あ、会長です。〈緊急互助会〉の」

再び事務員が紹介する。

重ねて尊が詫びを入れると、会長の須磨賢太郎は少々憮然とした態度でふたりに接した。

「ウチの互助会をヤミ金とお疑いだとか」

「千パーセント以上の金利で融資をしている業者を探しているのですが、こちらは違っていたようですねえ」

右京が丁重に言うと、須磨は溜飲《りゅういん》が下がったように、

「当たり前です」

と頷いた。ところが右京は明細票を須磨に差し出してこう言った。

「ええ、純粋に運送業界の互助会のようです。しかし、たとえばこちら。五十万の融資を受けた方がひと月で返済して、その謝礼を五万払っている。年率にすると百二十パーセント。違法な金利ですねえ」

濡れ衣とも受け取られかねない上司の言葉を、尊がフォローする。

「あ、いえいえ、杉下さん。それ、年換算の場合でしょう。同業者同士の助け合いにそんな厳しいこと言ってたら」

構わず右京が続ける。

「このような方法を続けた場合、違法になる可能性があるとご忠告申し上げてるだけですよ」

「それでもそうやって資金を回していく以外、われわれに生き残る術《すべ》はないんだ!」

須磨は訴えかけるように声を荒らげた。青木が前に進み出る。

「今はどこも、運転資金の貸し出しには消極的なんで」

「われわれにとって、運転資金は生命線ですから」

と言って顔を背けた須磨が体を向けた壁には、《物流は　ライフライン》というキャッチコピーのついたポスターが貼られていた。

そのビルを出たところで、右京が尊に言った。

「帯川運送が互助会から融資を受けたという記録はありませんでしたね」

「どこかのヤミ金に金を借りるたび、互助会に借りたことにしてたんですよ。業者の特定、急ぎましょう」

尊が歩みを進めながら言った。

「残る手掛かりはあの着信だけの携帯番号ですねえ」

右京が呟いたとき、尊の携帯が震動音を発した。

次の日、右京と尊は事件の前日に帯川運送を辞めた杉田哲明に会った。杉田は大手の同業他社に再就職していた。

昨日、尊の携帯を鳴らしたのは美咲だった。尊はひとりで美咲と喫茶店で落ち合い、話を聞いた。少し落ち着いた様子の美咲は、帯川が殺された日の夜、電話で誰かと揉めていた、と言った。

――大丈夫、心配ないから。配達の時間だ、切るよ。きみが辞めたとか、そういう問題じゃない！

そう叫んだ帯川は、美咲に聞かれたことに気付き、携帯を耳に当てたまま自宅の中に入っていったという。

そのことを訊くと、杉田はあっさり認めた。

「たぶんその電話、ぼくです。あそこを辞めた翌日、澤村から電話があったんです」

――おまえが突然辞めたからドライバーが足りなくなって、それで帯川社長、その大口の仕事、断ったんだぞ。

澤村は悲憤慷慨《ひふんこうがい》した声で杉田に電話をかけてきた。

「新潟にある百円ショップの工場から、東京の倉庫までオリジナルブランドの商品を運ぶ仕事だったそうです。ミスしなければ定期的な顧客になるって」

「会社を立て直すチャンスだよね」

尊の言葉に杉田も頷いた。

「だからさすがに申し訳ないと思って、それで……」

——代わりのドライバーが見つかるまで、俺、掛け持ちで働きますから！

杉田がかけたその電話が、美咲が偶然聞いたものだった。

——大丈夫、心配ないから。配達の時間だ、切るよ。

——でも、そんな大きな仕事、俺が辞めたせいで……。

——きみが辞めたとか、そういう問題じゃない！

帯川は不覚にも声を荒らげたのだった。

「新潟から東京までの仕事ですか。ところでこの新潟行きの荷物、ご覧になったことは？」

右京は例の帯川の携帯に入っていた写真のプリントアウトを杉田に見せた。

「いや、ウチ……いや、帯川運送にあったものですか？」

杉田が首を捻った。右京が答える。

「帯川社長が撮った写真だと思います」

「なんでこんな写真を？」

杉田が怪訝な顔をした。

「それがわからないので気になっています。ちなみに、お届け先のこのお名前にご記憶は？　こちらが送り主なんですが」

右京は送り主をメモした紙も杉田に見せた。

「知りません。あ、でも、もしかしたらこれ、新潟に行く時に載せる荷物のひとつだったのかもしれません」

伝票の画像を指して言う杉田に、尊が訊ねた。

「あの、結局その仕事、どうなったんですか？」

「他に回すって言ってました」


その仕事を回した先は、〈緊急互助会〉の副会長、青木の会社だった。

「ああ、他の荷物と一緒にちゃんと運びましたよ」

ふたりの刑事から伝票の画像を見せられた青木が即答した。

「その後、新潟から東京へ、百円ショップの荷物を運んだわけですね」

「ええ」

右京の質問に答えた後、青木は大きなあくびをひとつした。

「ハハ、すいません、さっきその仕事が終わったばかりで」

青木は座っていたソファから立ち上がり、冷蔵庫から冷たい麦茶の瓶をとり出してコップに注いだ。

「社長がご自分で運んだんですか？」

尊が意外そうにそう訊くと、青木は麦茶を一口ぐっと飲んだ。

「ええ、大口の荷主になるかもしれない大事な仕事なんで」

尊が続ける。

「われわれと昨日会って、その後、すぐに新潟へ?」

黙って頷く青木に右京が訊ねた。

「そのお仕事、初めは帯川運送に来たとか」

青木の顔色がわずかに変わった。

「ドライバーが足りないから譲りたいと、一昨日、急に帯川社長から連絡があって」

「それ、昨日お会いした時は話してくれませんでしたね」

尊が右京に続く。

「ぼくたちが帯川社長の件で来たことは、ご存じでしたよね?」

「それは……」

青木が返事に窮したそのとき、事務所のドアが開いて捜査一課の三人が入ってきた。

「失礼します……あ」

特命係のふたりを目の前にした伊丹が、顔を顰めた。

「どうも」

尊が愛想笑いをした。

「どうもじゃありませんよ！」

伊丹に続いて三浦が右京に言った。

「警部殿、捜査はするなと言われてますよねえ」

ふた組の刑事たちのやりとりに啞然としている青木に、尊が捜査一課の三人を指して言った。

「われわれと同じ捜査員です」

伊丹が即、それに反応する。

「あなた方は捜査員じゃありません」

その合間を縫って、芹沢が青木の前に進み出る。

「青木社長、一昨日、あなたがこの百円ショップに出した見積書です。金額が空欄……これ、どういう意味でしょう？」

芹沢が突きつけた書類に目を落とした青木が答えを探している間に、右京が口を挟んだ。

「運送料金はいくらでもいいということでしょう」

「警部殿には訊いてません」

三浦が煙たげな顔をした。

「つまり、こうやって帯川運送に来た仕事を奪った？」

芹沢の言葉に、青木は顔を上げて憤りを込めた。

「奪ったんじゃないよ。譲ってもらったんだよ」

「ものは言いようですねえ。詳しく話を聞きましょうか」

伊丹が凄むと、青木は右京の方を向いて声を荒らげた。

「だから言わなかったんだよ。疑われるから！」

そうして深いため息をひとつ吐いて続けた。

「ちょうどウチも新潟行きの荷物を抱えてて、安くてもいいから帰りの荷物を探してたんだ。そしたら……」

ちょうどいいタイミングで帯川から電話が入ったのだった。

「そんな大きな仕事を電話一本で譲ってくれたんですか？」

伊丹が疑り深い顔で訊いた。

「それは……ちょっとは変だと思ったけど、ウチも切羽詰まってて、今度不渡り出したらもう！　ほら！　これ、領収書ですよ。その仕事の仲介料の！　わかるでしょう？　譲ってもらったんですよ！」

青木はデスクの上の伝票入れから一枚の領収書を出して右京に渡した。

「こちらは帯川さんの書いたものですか？」

右京が訊ねると、青木は激高した。

「決まってるでしょう！」

右京の手にした領収書を三浦が取り上げた。

「一応、筆跡鑑定させてもらいますよ」

「あの領収書、確かに帯川社長の筆跡でした」

特命係の小部屋に戻った尊が右京に報告した。

「そうですか」

右京は納得顔で答えた。そこへ隣の組織犯罪対策五課の角田六郎が入口から首を出した。

「忙しい？」

「あ、課長」

右京が振り返る。

「うん、警部殿に頼まれた件だけどさあ、あの飛ばしの携帯の番号使ってるヤミ金、指定暴力団系にはなかったよ」

例のヤミ金と思しき携帯の番号を調べた結果、飛ばしのプリペイド式だった、と米沢から聞いた右京は、この手の捜査ならお手のものの角田に協力を仰いだのだった。

「そうですか、ありませんでしたか……お手数をおかけしました」

頭を下げる右京に、

「うん、コーヒーね」

と、角田はご愛用のパンダがついたマグカップにコーヒーを注いだ。

「もちろんです」

気持ちよく角田を送り出した右京は、尊の方を向いた。

「神戸君。きみならどうしますか？」

尊が答えた。

「そのヤミ金を見つけて摘発します」

「なるほど」

「杉下さんは？」

「同感です」

そのとき、尊のスマートフォンが震動音を立てた。


そのわずか後、右京と尊は喫茶店で美咲と向き合っていた。尊のスマートフォンにかかってきた電話は美咲からで、尊は右京と連れ立ってふたりで会うことにしたのだ。

「〝保険金が出るまで待ってほしい〟。母は電話でそう言ってました」

「つまり、債権回収の電話がかかってきた」

右京の言葉に美咲は頷いた。そしてポシェットの中からメモをとりだした。

「この番号からでした」

それを見た尊が右京に言った。

「確かこの番号、あの飛ばしの携帯の……」

「そのようですねえ」

尊は美咲に訊ねた。

「ねえ、お母さんはここの人に何時に会うって？」

四

美咲から聞いた時間にマンションを張っていた右京と尊は、そのヤミ金を尾行して事務所を突き止めた。

「どうも。あのマンションの三〇一ですよね？」

組織犯罪対策五課の大木長十郎《おおきちょうじゅうろう》と小松真琴《こまつまこと》が、路上で見張っている右京と尊に合流した。この手の摘発にはやはり組対五課の協力がいる、と右京が応援を依頼していたのだった。

「調べたところやはり無登録業者のようです」

小柄な大木の脇にいた、大柄な小松が付言する。

「入居は一か月前で、たぶん定期的に引っ越してます」

「きっと飛ばしの携帯や使われてる口座も、客から奪ったもんでしょう」

大木の言葉に尊が同調する。

「被害届や告発状が出されて警察が動いても、その時はもう追えなくなってるってパターンですね」

「すみませんねえ。ヤミ金の摘発は担当ではないのに」

右京が大木と小松をねぎらった。

「いえ、課長も〝めったにないチャンスだ〟って」

大木がまんざら嘘でもない口調で言った。

「では、参りましょうか」

右京の号令で、チームは動いた。


三〇一号室に踏み込むと、スーツを着たふたりの男がいた。ひとりは机で札を数え、もうひとりはソファにふんぞり返って携帯で電話をかけていた。

「はいい、手を止めてー。警察です」

大木が慣れた身のこなしで警察手帳を示すと、ふたりは慌てふためいて立ち上がった。

「こちらが金融業者だという通報がありました」

右京が携帯電話を手にしたやさぐれた男の前に進みでる。もうひとりの机で金勘定をしていた男が何かを隠そうとすると、

「はい！　動かない！」

小松がその男の両肩を押さえ、力任せに椅子にどすんと座らせた。

「事実関係を調べますのでご協力を」

「なんだよ！　令状は?!」

小松に取り押さえられた男が身をよじって叫んだ。すると尊が机の上に無造作に置かれた運転免許証やパスポートを手に取った。

「その前に、これはなんでしょう？　いろんな人のものがありますねえ。客が逃げられないように強引に預かっちゃった？」

それを見て右京が、

「令状はすぐにでも取れそうですね」

とやさぐれ男に目を遣ったとき、その手にある携帯電話から声がした。

――もしもし。

取り乱した男性の声だった。

「失礼。ああ、ちょっといいですか」

右京が男の手から携帯を奪って耳に当てる。

「はい、お電話代わりました」

――借金のほうは必ず返します！　とにかく息子の会社には電話しないでください！

電話の相手は泣きそうな声で言った。どうやら先ほどまで、やさぐれ男に恐喝まがいのことを言われていたらしかった。

「お父様ですね？　こちら警察です」

右京が快活な声で話しかける。

――は？

「冷静に聞いてください。この業者はヤミ金融だと判明しました。したがって借金は元金も利子も、そちらに返済の義務はありません」

――ほ、本当ですか⁉

「本当ですよ」

父親は一転して歓喜を声にあらわした。

――ありがとうございます！

「はい、どうも」

右京は携帯を返した。やさぐれ男が恨めしげな目で右京を見ていた。

「そうなんですか⁉」

ふたりの刑事からヤミ金融を摘発したことを告げられると、郁美は喜びの声を上げた。

「もちろんそのような法的根拠だけでは、社名や住所をコロコロ変えるヤミ金に対して、実質、効果はありません。しかし、今回は摘発できましたので、その法的根拠が通ります。調べたところ、こちらからの借り入れは、全てそのヤミ金からでした」

右京は貸借明細票の〈緊急互助会〉のところを指さした。

「それじゃあ、それ全部、返さなくていいんですか？」

郁美の顔が生気と輝きを取り戻した。

帯川宅を辞しマンションのエントランスを出たところで、尊が複雑な心境で右京にささやいた。

「夫が殺されたっていうのに、お金のことばっかりでしたね」

「それだけ常にお金に追い詰められていたのでしょう」

右京が郁美の心情を忖度《そんたく》した。

ふたりが警視庁に戻り、組織犯罪対策五課のフロアを通りかかったところ、角田が声をかけてきた。

「おお、あのヤミ金さあ、しょっぴいたふたりも入れて、従業員は四人だった」

「暴力団との繋がりは？」

尊が訊ねる。

「今、調べてる。でさ、ちょっとこれ見てよ」

角田は右京にあるリストを渡した。右京がそれにさっと目を通す。

「三百万以上融資している顧客の名簿ですね」

「ああ、あの業界には珍しくこんな大口も扱ってたみたいだ。こりゃ意外に余罪も多いかもしれないよ」

角田が嬉しそうな顔をした。

「神戸君」

そのとき右京が小声で尊に耳打ちした。

「はい……あ！」

右京の指さしたところを見ると、〈須磨賢太郎〉という名前があった。

ふたりは早速、〈緊急互助会〉の会長を務める須磨賢太郎の会社〈須磨運輸〉を訪ねた。

「なんでこんなところから借りるんですか？　互助会は？」

ヤミ金の持っていた契約書を示して、尊が詰め寄る。

須磨はふたりから顔を背けて答えた。

「人に貸せるような余裕のある会員が減ったんですよ」

右京が契約書を見ながら言った。

「それに、これだけの大金ですからねえ。これを見る限り数日ごとに取り立てをされているようですが、しかし、もう取り立てられることもありません」

須磨は吐き捨てるように言った。

「フン、死んじまったからな」

「はい？」

右京が聞き返した。

「それを訊きに来たんだろ？」

須磨がふたりを振り返った。

「どういう意味でしょう？」

怪訝な顔をする右京に須磨が言った。

「俺から取り立ててたのは、帯川だよ」

ふたりは絶句した。

五

ヤミ金のやさぐれ男、鈴原修《すずはらおさむ》は警視庁に連行され、大木と小松の取り調べを受けていた。

「貸すとこがなかったから俺たちが貸したんスよ」

鈴原がぶっきらぼうに言った。

「人助けだって言いたいのか」

大木が詰め寄ると鈴原はうそぶいた。

「そう。俺たちが貸さなきゃ死んでた奴だっています」

そこへ右京と尊が入ってきた。

「ちょっとよろしいですか？」

「どうぞ」

大木が身を引いて、代わりに右京が鈴原の脇に立った。右京は内ポケットから帯川の写真を出し、鈴原の前に置いた。

「客である彼に債権の回収をさせていましたね」

「えっ！」

大木と小松が驚いて鈴原の顔を見た。

「なんのためにそんなことさせたんだよ？」

尊が鈴原の横に回り込んで詰め寄った。

「大口の債権回収はねえ、結構人件費かかるんスよ」

鈴原は斜に構えて言った。

「だからって客にやらせることないだろう」

尊は憤りを隠せない。

「これも人助けっスよ。金が返せない、もう死ぬしかないって客を、そうやって助けてやってるんです」

鈴原は帯川が彼の前で土下座したときのことを、あざけるように話した。帯川は鈴原の足下にひざまずいて懇願した。

――三日以内に現金がないと不渡りが出るんです！　このままじゃもう死ぬしかありません！

鈴原はあくびをしながらつまらなそうに言った。

――じゃあ死んじゃえば？

帯川は目を剝《む》いて鈴原を見た。鈴原は土下座した帯川の脇にしゃがんだ。

――そういえばさ、生命保険入ってるよね？　三千万。あれ？　おたくのは自殺じゃ下りねえのか。だから俺が勧めたやつに入ればよかったんだよ。これから入っても一年間は死ねないよ。それならさ、死んだ気になって働いてみる？

「そうやって債権の取り立て屋にするわけですか」

右京が鈴原に詰め寄った。

「ギャラは出来高制で利息の一部をチャラにしてやる」

「それでも元金と利息はほとんど消えないよな」

尊が指摘すると、鈴原は失笑した。

「フッ、ウチは高利っスよ。結構いいギャラだと思いませんか？」

あのとき、床から立ち上がった帯川に、鈴原が札束を見せびらかして悪魔のようにささやいた。

——なんだったらもう少し融資してやろうか？　すこーしだけ利息高くなるけど、ウチの仕事手伝ってくれるんだったら、ちょっとは引いてやるからさ。やんなきゃここ、潰れるねえ。せっかく今日まで頑張ってきたのに、残るのは莫大な借金だけ。ハッ、人生無駄にしたねえ。長年尽くしてくれた従業員は？　路頭に迷わすの？　確かほとんど四十歳以上だよな？　仕事あるかなあ？　まあ俺の善意がいらねえっつうんだったら別にいいんだけどさ。

ネガティブなツボをいやらしいほど的確に押さえた鈴原の脅迫じみたささやきに、帯川はついに男泣きに泣いて、札束を鈴原の手から奪い取った。

「被害者は取り立てられる側だけじゃなく、取り立てる側でもあったんですね」

取調室を出て特命係の小部屋に戻りながら、尊が言った。

「そのようですねえ」

右京が首肯した。

右京と尊は再び須磨の会社を訪れた。右京が須磨の前に一枚の書類を差し出す。

「帯川社長の携帯の履歴です。この番号だけ発信だけで着信履歴にありません」

右京が指さした番号を見て、須磨は頷いた。

「ええ、私の番号です」

「帯川社長から何度も電話があったようですねぇ」

右京に続けて尊が問う。

「全て取り立ての電話ですか？」

須磨は椅子から立ち上がって、込み上げてくる憤りを抑えながら言った。

「許せなかった！　ヤミ金に苦しんでる人間の気持ちを、誰よりもわかってたくせに……」

取り立てに来た帯川は、須磨に訴えた。

——社長、これ以上もう待てません！

須磨は顔を背けて言った。

——同業者に荷物を回してもらうように頼んでる！

帯川も必死だった。

――そんな会社ありませんよ、もう！　最近は荷物が減る一方だ。それは私が一番よく知ってる！　社長んとこ今月の支払いは百万近く、来月はそれ以上足りませんよね。でも切り崩す貯金もない。お願いです！　トラックを処分してください！

それを聞いて須磨が激高した。

――なんで、なんでそんなことが言える！　あんただって！

――税金滞納してるでしょう？　税理士に相談する現金もないでしょう？　無料相談行っても関係者に謝って会社潰せって言われるだけだ！　全部わかってる！　一台処分すれば、とりあえずはしのげます。私だってこんなことは言いたくない。でも！

須磨はそこでとうとう堪忍袋の緒が切れたのか、帯川の胸ぐらをつかんで、トラックの荷台に押し付けた。

――なんでこんなマネする！　そこまでわかっているのになんで苦しめる！　同じ業界の人間じゃないか！　助けてくれ……助けてくれよ、帯川社長！

帯川は涙を流しながら懇願する須磨の両手を握って襟元から離し、心を鬼にして言った。

――変わるしかないんですよ……取り立てられる側から取り立てる側に変わるしか。

――ふざけるな！

その瞬間、須磨の拳が帯川の顎を捉えた。

コンクリートの上にうつ伏せに倒れた帯川が見上げると、仁王立ちした須磨が涙を浮かべて帯川を見ていた……。

「最初に伺った時、なぜ話してくれなかったんですか？」

尊が須磨に言った。

「言ったら疑ってたでしょ」

そのとき、事務所の扉が開いて、捜査一課の三人が入ってきた。

「いると思った」

芹沢がふたりを見て顔を顰めた。

「あ、どうして……」

反射的に呟いた尊に、伊丹が憎々しげに言う。

「こちらの社長が、被害者に取り立てられてたって話を聞きましてね」

芹沢が続ける。

「その時に、その人が被害者を殴ったのを見たという匿名《とくめい》の通報があったんです」

三浦が前に進み出た。

「須磨社長ですね？　お話聞かせてもらえませんか？」

須磨の会社を出て、荒川沿いの道を歩きながら、尊がしみじみと言った。

「好きで取り立て屋になったわけじゃない。生き地獄だったでしょうね」

そうして右京を見ると、歩きながら例の帯川の携帯に入っていた伝票の写真に目を落としている。

「ああ、それもまだ訊いてない人がいましたね」

「ええ」

ふたりはその足で帯川運送へ向かった。事務所の扉には休業の知らせが貼られていた。なかに入るともぬけの殻で、ただひとり、澤村だけがぽつんと座っていた。

「他のみんなは？」

尊が訊ねると、澤村は投げやりに答えた。

「仕事を探してるんじゃないですか」

「きみはいいの？」

尊が重ねて訊くと、

「ぼくは……まだ気持ちの整理がつかなくて」

俯く澤村の横で、右京が内ポケットに手を入れて伝票の写真を取り出した。

「そうですか。ちょっとこれを見ていただけますか？」

「ああ、新潟行きの荷物」

「ご存じでしたか？」

一瞥するなり即答した澤村に、右京が訊ねた。

「ここで仕分けた荷物です」

「つまり、帯川社長が殺された日に帯川社長と一緒にですか？」

右京が確認すると、澤村は頷いた。

「ええ。でも、新潟行きの荷物も百円ショップの荷物も、他の業者に行っちゃいましたけどね」

「ん？　そのこと、きみ、ここを辞めた杉田君に電話してるよね？　どうして？」

尊に訊かれて、澤村は憤りを込めて答えた。

「とっとと辞めてった杉田に、なんか言ってやりたくて……」

――おまえが突然辞めたからドライバーが足りなくなって、それで帯川社長、その大口の仕事、断ったんだぞ。

電話口で澤村は杉田にそう言ったのだった。

「好きだったんだね、この会社が」

尊が慰めるように言った。

「好きでした。会社も、社長も」

「帯川社長もここを潰したくなかった。だから頑張りすぎてしまった。でも、ここにきみみたいな社員がいたなら、少しは浮かばれるかもしれないね」

尊の言葉を受けて、澤村は自嘲気味に言った。

「フッ、その百円ショップの仕事、結局、杉田のところに行ったみたいです」

「えっ？」

尊が驚いて右京と顔を見合わせた。

「皮肉ですよね」

澤村は寂しそうに笑った。

六

すぐさま杉田の新しい職場に向かったふたりは、澤村から聞いた百円ショップの仕事のことを確かめた。杉田は首肯した。

「ええ、結局ウチが運ぶことになったんです。それもぼくが。なんか運命感じますよね。帯川社長んとこに来た仕事が回り回ってぼくんとこに来るなんて」

「ちなみに、なんでそういうことに？」

尊が訊ねると、杉田は意外な事情を明かした。

右京と尊は青木の会社に向かった。杉田の話ですべて謎が解けたのだ。

「その理由は百円ショップの荷物にカッターの折れた刃が交じっていたからだそうですねえ」

右京が青木を前にして、杉田から聞いたことを話した。

「その刃を借りて調べました。鑑定の結果、凶器であるカッターの先端でした」

尊が鑑識で撮影したカッターの刃の写真を示した。

「帯川社長を刺した時、それが犯人の衣服に付着し、その後、百円ショップの荷物に混入したのです」右京はそこで言葉を切って、青木をぐっと睨んだ。「よって犯人は、百円ショップの荷物を運んだ人物。それはあなたでしたねえ、青木社長」

「まさか……こんなことでわかってしまうなんて」

青木は茫然とした顔で呟いた。ところが右京は意外なことを口にした。

「いえ、あなたのことが気になったのはもっと前です」

「仕事の仲介料として被害者が書いた領収書」

尊の手にはビニール袋に入れられたその領収書の実物があった。

「被害者の死亡推定時刻は六日二十二時から二十四時頃。しかし、この領収書の日付は……」

右京の言葉に合わせて、尊が〈7日〉となっているところを指し示して言った。

「被害者は二十四時ちょっと過ぎまで生きていたみたいですねえ。だからあなたに渡すこの領収書に、この日付を書いた」

右京がさらに追い詰める。

「つまり被害者の死亡時刻、あなたは一緒にいたんじゃありませんか？　領収書の筆跡が被害者のものだと判明した段階で、ぼくはすぐにあなたに会おうとしました。しかし……」

その後を尊が引き継いだ。

「この事件の動機はヤミ金です。あなたを逮捕すれば、あのヤミ金はすぐに雲隠れしてしまう。しかし、それじゃあ帯川さんの遺族は救われません」

「ですから、先にヤミ金融の検挙ということになりました」

右京の言葉を聞くと、青木はフラフラと歩みを進め、呟くように言った。

「ヤミ金……ウチも手出してますよ。毎日資金繰りのことで頭がいっぱいで、もうどうしたらいいか……追い詰められてました。そんな時です。突然帯川さんから連絡があったのは。これで会社が助かった、そう思いました。仲介料を渡したいって言ったら……」

帯川はその場で領収書を書いた。時計を見たら零時を回っていた。帯川は迷わず日付欄に〈7〉と書いた。

領収書を受け取った青木は、帯川の口元に痣《あざ》が出来ているのにふと気付き、それを指摘した。すると帯川はそれには答えずに、まるで魂が抜けた人のようにカッターを握り、荷物にかかったラップを切りはじめた。

――じゃあ、失礼します。

立ち去りかけた青木は、もう一度振り返って帯川の背中に心の底から礼を述べた。

――帯川社長、本当にありがとうございました。正直言って、ウチの会社、もうダメだと思ってました。でもこれで、生き延びることができます。

そう言って青木が深く頭を下げ、再び立ち去ろうとすると、背後から帯川がはっきりとこう言う声が聞こえてきた。

――じゃあ、代わりに殺してくれないかな。

青木は驚いて帯川を振り返った。

――えっ？　社長……。

青木が呼びかけると、帯川は背を向けたまま首を振り、

――お疲れさまでした。

と言って荷物に突っ伏した。

――社長、大丈夫ですか？　帯川さん。

青木が近くに寄って帯川の顔をのぞき込むと、帯川は荷物に手を突いたままさめざめ

と泣いていた。

——やっぱり同業者に迷惑かけちゃダメです。社長なら、従業員も取引先も守らないと！

そう言うと帯川は手にしたカッターナイフを落とし、うなだれて息も絶え絶えに言った。

——もう疲れた。万策尽きました！　助けて……助けてください！

そう言って帯川は青木の胸に倒れ込むようにしがみついた。そうして泣きながらこう言った。

——迷惑はかけたくなかったのに！　死んで全てうまくいくならいつでも死にます！でも自殺じゃダメだ！　それじゃ保険が出ない！　せめて最後ぐらい、妻にも子供にも従業員にも迷惑は！

そうしてすがるように青木を見上げた。

「同じだと思いました。自分と同じだと」

言葉を失ってしまった青木を見て我に返った帯川は、青木をつかんだ手を放し、後じさって、

——すいませんでした……お疲れさまでした。

頭を下げて足下も危なげに歩み去っていった。

それから後の自分の行動を、青木は今でもよく思い出せない。とぼとぼと歩く帯川の背中を見たとき、無意識にカッターナイフを拾い、そして背後から……。

「なんであんなことしたのか……ただ……もう見ていられなかった」青木もまた、ふたりの刑事の前に泣き崩れた。「自分を見ているようで……楽に……してやりたかった。自分の代わりに、楽に」

青木の脳裏に今でもありありと残っているのは、息も絶え絶えの帯川が、

——ありがとうございます！

と叫んだ声だった。

右京が静かに言った。

「きっとその後、帯川社長は……」

自分の背中からカッターナイフを抜き、青木の指紋が残らないよう血だらけの自分の手でグリップを何度も何度も拭いたのだろう……帯川の末期の姿が、すぐそこにあるように尊にも感じられた。

「やっと、肩の荷が下りました」

パトカーに連行される直前、青木は右京と尊を振り返って頭を下げた。

現場を離れ、荒川にかかる橋を渡りながら、尊が言った。

「お金は人から冷静さを奪う。それはわかりますよ。でも、なんで殺さなきゃならなかったんです？　さっぱりわからないな」それから右京の手元にある伝票の写真を見て、「ああ、それも結局、わからずじまいでしたね。帯川社長、なんでそんな写真を」と言った。

「奥さんがおっしゃっていましたねえ」

右京が遠くを見ながら言った。

——寺泊……主人の故郷です。

「これまでずっと懸命に会社を守っていた彼が、耐え切れずに死にたいともらすと、死んだ気になって働けと取り立て屋にされ……そうまでして会社を守り続けていたにもかかわらず、ある日、従業員から退職願を出され……その翌日、同じように苦境に立たされていた社長に、取り立て行為をして殴られ……その瞬間、切れてしまったのかもしれませんねえ。これまで懸命に張っていた緊張の糸が。そんな時、仕分けをしていた荷物の中にこれを見つけた。ずっと帰りたかった故郷へ運ばれる荷物を……だとしたら、一体、どのような気持ちで、この写真を撮ったのでしょうねえ」

帯川の心情を思ってやり切れなくなった尊は、それを吹っ切るように右京に提案した。

「どうですか？　久しぶりに〈花の里〉でも行きませんか？」

それを聞いた右京が驚いたような顔で振り返った。

「おや、きみに言ってませんでしたかね？」

「ん？　何を？」

「〈花の里〉はもうやってませんよ」

右京の言葉に尊は我が耳を疑った。

「え？　え？　どういうことです？」

「そういうことですよ」

「なんにも聞いてませんよ。たまきさんもひどいなあ」

悲憤気味の尊に、右京はこともなげに言った。

「そういう人なんですねえ」

「ちなみに、なんでやめちゃったんです？」

「とてもひと言では説明できません。まあ、きみの好きなナポリタンでも食べながら、ゆっくりお話するとしましょう」

そう言って先をずんずん歩く右京の背中を、尊はさまざまなことが納得いかないままに追いかけていった。

第五話

「消えた女」

一

ある晴れた日の朝、警視庁組織犯罪対策五課のフロアを、課長の角田六郎が上機嫌に歩いていた。気持ちのいい陽光のなか、次々にかかる部下からの挨拶に軽やかに応える角田の手には、愛用のパンダカップが握られている。向かうは特命係の小部屋。もちろんモーニングコーヒーをもらうためである。

「おい、暇か？」

戸口でいつもの決まり文句を投げかけた角田は、見慣れぬ光景に触れて「客か？」と独り言を呟くなり慌てて身を翻《ひるがえ》した。するとそこに登庁してきた特命係の神戸尊と鉢合わせた。

「おはようございます」

横をすり抜けようとする尊を呼び止めて、角田が耳打ちした。

「おい、客だよ」

「えっ？」

「それも若い女だ」

やはり度肝を抜かれた尊は、角田とともに戸口からそーっと首を出す。椅子に座っているのは、薄いピンクのスーツがよく似合うかわいらしい女性だった。

「誰です？」

「知るかよ。っていうか、なんでいるんだ？」

ふたりがコソコソ話をしているところへ、杉下右京がやってきた。

「おはようございます」

挨拶をして小部屋に踏み込む右京を見て、かわいらしい女性が立ち上がる。

「杉下さん、お久しぶりです」

その顔をじっと見た右京は、満面に笑みをたたえた。

「お元気でしたか？」

「はい！」

お互いの間に再会を喜ぶ空気が流れた。

そのかわいらしい女性の名は守村《もりむら》やよい。かつて〈東京ビッグシティマラソン事件〉という、国をゆるがしかねない大事件を企てた木佐《きさ》原芳信《はらよしのぶ》の娘であり、その発端となったゲリラ人質事件で、国家に見捨てられ命を落とした木佐原渡《わたり》の妹だった。

「そうだったんですか、亀山さん、サルウィンに……」

右京からこの間《かん》の経緯を教えられたやよいは、薫の後任として紹介された尊に、改めて頭を下げた。

やよいの方はといえば、あの事件のあとエルドビアに旅立ち、向こうでＮＰＯの活動に参加して、日本には先月帰ってきたばかりだということだった。

「あの、ひとついいですか？」そこで尊が左手の人さし指を立てた。「どうやってここに入ってこられたのかな？」

やよいはバッグに手を入れながら、

「ああ、実は今、私、東都《とうと》通信社でアシスタントをしてるんです。だから、記者クラブでゲストパスをもらって」

と言ってそのゲストパスをふたりに示した。

「なるほど、ジャーナリストの卵というわけですか」

感心する右京に、やよいは姿勢を改めて言った。

「はい。実を言うと今日お伺いしたのは、杉下さんに聞いていただきたいお話があって」

「おや、なんでしょう？」

右京が身を乗り出した。

「なんていうか、すごく奇妙な出来事を体験したんです」

「奇妙な出来事？」

尊が聞き返すと、やよいはその出来事について話し始めた。

それは先週金曜日の夜のことだった。通信社の仕事があり、レンブラントホテルのラウンジで人を待っていたときのこと。誤って携帯を床に落としたやよいが拾おうとしゃがむと、そこに若い女性が通りかかってぶつかった。やよいがびっくりして見上げると、その若くて美しい女性は、

——あら、大丈夫？

とつれない声で訊ね、

——はい、平気です。ごめんなさい。

逆に謝るやよいに対して、

——そう。

とだけ冷たく言い置いて歩み去ってしまった。

そしてその後、二時間ほどで用事も済んで、帰ろうと思っていた矢先だった。先ほどの若い女性がいきなり走り寄ってきてやよいの腕をつかんだ。そうしてあの時とは大違いの優しい声で、

——ねえ、さっきはごめんなさい。失礼な話よね、私のほうからぶつかったのに。服とか平気だった？

と平身低頭して謝った。その落差にやよいは戸惑ったが、

——いえ、全然大丈夫です。

と応じると、その女性は大げさにもお詫びに食事をご馳走したいという。やよいが帰るところだからと断ると、今度は車で送るといってきかない。それでも固辞しようとするやよいを、その女性は半ば強引にタクシーに押し込み、自分も後部座席のやよいの隣に座って、すぐさま運転手に発進の指示を出したのだ。

「それは正確には何時頃のことでしょう？」

そこまでの経緯を聞いていた右京が訊ねた。

「たぶん九時を五分ほど回った頃だったと思います」

やよいの話はまだ続いた。

その女性はタクシーのなかで、今度改めてお詫びがしたいから、携帯の番号とメールアドレスを教えてほしいというのだ。あまりにも過剰な対応なのでやよいは躊躇《ためら》ったが、悪い人には見えなかったこともあり、番号とメールアドレスを教えると、早速空メールが送られてきた。

そして自宅のマンションの近くに来ると、運転手に指示して車を停め、断るやよいに、これで足りるでしょ、と五千円札を押し付けて降りてしまった。しかも、やよいが自分の家の近くまで来てタクシーを停め、降りようとすると、シートの上にその女性の社員証が落ちていた。名前は山原京子《やまはらきょうこ》。〈ブレイブスタッフ〉という会社の社員だった。

右京はやよいからその社員証を受け取り、しげしげと見た。一方、尊は話の率直な感想を述べた。

「どこが奇妙なのかな？　マイペースでおせっかいな女に振り回されただけに聞こえるんだけど」

するとやよいが応えた。

「いえ、奇妙なのはその後のことなんです」

話にはまだ続きがあった。とにかく社員証とタクシー代のおつりを渡そうと、京子の携帯に何度もかけてみたのだが、一向に出ない。留守電にメッセージを入れても梨のつぶてだった。仕方がないので、仕事の途中でその会社に寄ってみることにした。ところが応対に出てきた社員は、山原京子という名前の社員はいない、と言い張るのだ。面食らったやよいが社員証の実物を見せると、その社員、岸内雅臣《きしうちまさおみ》は平然と言った。

――ひょっとしたら、誰かが偽造したのかもしれませんねえ。以前にもこの手のイタズラがありましたから。

そう言われて引き返さざるを得なくなったやよいは、ビルのエントランスを出たところで、もう一度京子の携帯に電話をかけた。しかし今度は〈おかけになった番号は現在使われておりません……〉のメッセージが流れるのみだった。

「なるほど。間違いなく奇妙な体験でしたね」

頷く右京に、やよいが懇願した。

「杉下さんなら、私が会った女の人が何者だったのかを調べることができるんじゃないかと思って来たんです」

「いや、そうはいっても特命係は私立探偵じゃ……」

言いかける尊の脇で、右京が即答した。

「わかりました」

「そう言うと思った」

尊がひとりごちる。右京が立ち上がった。

「もしこの社員証が偽造されたものだとしたら、それは……神戸君」

右京が尊に振った。

「はい、立派な犯罪です」

「すぐに調べてみましょう」

やよいの顔から曇りが消えた。

二

右京と尊、それにやよいの三人はまず、京子がタクシーを降りて入っていったマンションを訪ねてみた。

やよいに導かれてそのマンションにたどり着いたのだが、警察手帳を出して管理人に京子のことを訊ねたところ、そんな住人はいない、という。しかしやよいは京子が降りる瞬間、タクシーのなかで確かに聞いたのだった。

――すてきなマンションですね。

――うん、二階の角部屋。朝日がまぶしくて。

二階の角部屋で東向きに窓がある……その条件を満たす部屋はひとつしかない、と管理人は三人をその部屋に案内したが、そこには中根有里子《なかねゆりこ》というまったくの別人が住んでいた。

右京と尊は警察手帳を出して自己紹介し、京子の写真を見せて有里子に訊ねたのだが、そんな顔は見たことがないし、名前も聞いたことがない、ということだった。

「失礼ですが、こちらにはいつからお住まいですか?」

右京が訊ねると、有里子は怪訝そうな顔で答えた。

「二年くらい前からですけど」

マンションのエントランスを出たところで、尊が呆れ顔で言った。

「勤め先も嘘、住んでるはずのマンションも別人の部屋、携帯まで通話不能」

「山原京子さんって、一体、何者なんでしょう?」

やよいが茫然と呟く。

「案外それも偽名だったりして。だとしたらこれ以上調べようがないかもしれないね」

「そんな……」

尊の言葉にショックを受けた様子のやよいに、右京が言った。

「やよいさん、ぼくたちはこれから仕事があります。今日のところはひとまず引き揚げさせてもらえませんか」

「そうですか。だったら私も社に戻ります」

「では、ここで。行きましょう」

「はい」

つられて後に続いた尊が、右京に追いついて耳元で訊ねた。

「あれ？　仕事なんてありましたっけ？」


右京の言う〈仕事〉はまず、警視庁に戻り鑑識課の米沢守を訪ねることから始まった。

「お訊ねの事件はこちらですね」

米沢が事件ファイルを取り出して右京に渡した。

「拝見します」

「殺人事件ですか」

事件のあらましを記したホワイトボードの前でため息を吐く尊に、米沢が言った。

「先週末に発生したシティーホテルのリネン室で男性の他殺死体が見つかった事件で

す」

「新聞には名前は出ていませんでしたが、ニュースの映像には見覚えがありました……神戸君」

そこで右京は尊を呼び寄せ、ファイルの記述中の現場名を指さした。

「レンブラントホテル……あっ！」

「死体が発見されたのは土曜日の早朝でした」

米沢が捜査一課の伊丹憲一、三浦信輔、芹沢慶二とともに現場を検《あらた》めたときのことを話した。

場所はホテルのリネン室で、血だらけのシーツに包まれた死体の頭は粉々にくだけていた。凶器のアイロンでおそらく死亡した後も二十回近くは殴られ続けていたのだろう。この状態ではおそらく致命傷の判別もできないだろうと思われた。それともうひとつの特徴は、犯人があらかじめリネン室にあったシーツを使って返り血を防いでいることだった。

遺体の身元は所持品のなかに免許証があったことで割れた。被害者は天谷《あまや》楠雄《くすお》、四十一歳。現金やカードは手付かずで、ホテルのスタッフによると宿泊客ではなかった。またシーツは使用済みを回収したもので、指紋から犯人を特定するのは不可能と思われた。

金曜日の十九時から二十三時の間、という死亡推定時刻を聞いた右京が反応した。

「山原京子という女性がやよいさんと共にホテルをあとにしたのが、二十一時五分過ぎでしたねえ」

右京がホワイトボードの前に立つと、尊が横から訊いた。

「まさかその女が？」

「捜査一課はどう見ているのでしょう？」

右京に訊ねられて米沢が言った。

「それが被害者は東国物産《とうこく》という小さな商事会社勤務だったんですが、渡航記録を調べたところかなりの頻度で国外を回っていることが確認されています」

「商事会社なら、海外出張は当然なんじゃないですか？」

尊の疑問に米沢が応じた。

「問題はその渡航先です。中東や南米……政情不安な国や紛争地域にも足しげく渡航していたようで」

「ああ、ただの商社マンじゃなかった可能性もあると」

尊は納得顔で言った。

「ええ、一課はそちらの線も視野に入れて捜査中です」

右京が角度を変えて質問する。

「金曜日の宿泊者名簿は当然押収されていますよね？」

「もちろん。写しでよければどうぞ」

米沢から宿泊者名簿を受け取った右京は、早速名前をチェックする。

「山原京子という名前の客はいませんよね」

脇から覗いた尊が言った。

「やよいさんの話ではチェックインしたのが十九時頃でしたねえ。その時刻の女性客は……あっ、ひとりだけですね」

右京が名簿の一か所を指さした。

「山野《やまの》陽子《ようこ》」

尊が読み上げる。

「部屋番号は一三〇二号室」

右京が口にした数字に米沢が反応した。

「あっ！　死体が見つかったのと同じフロアです、これ」

それから右京と尊はレンブラントホテルを訪れた。フロントで先週の金曜日の午後に勤務していた従業員に京子の写真を見せたが、その日はかなり込み合っていたので見覚えはない、とのことだった。

ふたりはその従業員に頼んで、問題の一三〇二号室を見せてもらうことにした。

部屋は瀟洒《しょうしゃ》なアメリカンスタイルだったが、ふと右京が目を留めたのはソファの脇に置かれた矩形《くけい》のオブジェだった。

「これは確かドイツの……？」

「ええ、ドイツの現代彫刻です」

従業員が答える。

「知ってるんだ」

尊は今さらながらに右京の守備範囲の広さに舌を捲《ま》いた。従業員によると、そのドイツ製の現代彫刻はオーナーの趣味で客室ごとに違うものを飾っている、とのことだった。

ドアを開けて外に出ると、真ん前が犯行現場のリネン室だった。その扉を開けると、立ち入り禁止の黄色いビニールテープが張り巡らしてある。なおフロント周りとロビーには防犯カメラが設置されているが、廊下にはないという。

「米沢さんの話では、ロビーの防犯カメラには被害者は映っていなかったそうです」

従業員に礼を言い、エレベーターホールに向かいながら、右京が言った。

「だったらどっから来たんでしょう？」

尊の疑問はエレベーターに乗るなり解消された。エレベーターは地下駐車場に直結しており、そこからならばフロント、ロビーを経由せずに直接客室に入ることができたのだ。

「このクラスのホテルにしては、少々セキュリティーが甘いようですねえ」

駐車場に降りたところで右京が言った。

「人目を避けたい人間にとっては都合のいいルートってわけか」

尊がそこに停めてあったGT－Rのドアを開けようとしたとき、一台の車がやってきて止まり、そのルートを利用しようとする人間がひとり降りて、エレベーターホールに向かった。


右京と尊と入れ違いにホテルの十三階にやってきた捜査一課の三人は、一三〇五号室の客に話を聞いていた。

その客、久永智一《ひさながともかず》はIT企業の社長で、この部屋を年間契約で借りてセカンドハウスにしていた。その久永が事件の当日、外で物音を聞いたというのだ。

「それは何時頃ですか？」

芹沢が訊いた。

「確か八時半過ぎだったと思います」

いかにも遣り手の若きビジネスマンという風貌の久永は、せわしなくパソコンを操りながら答えた。

「どんな物音だったか詳しく聞かせてもらえませんか」

三浦が訊ねる。

「バタバタと足音が続いて、〝待て〟とか叫ぶ声も。それもひとりじゃなく大勢いたような気が……」

「複数犯ってことっスかね？」

芹沢が三浦と伊丹に耳打ちする。

「ちなみに、久永さんは何時からこの部屋に？」

ノートパソコンを手に机からソファに場所を移した久永に、今度は伊丹が訊いた。

「八時から十時ぐらいまでだったと思います。ああ、秘書の酒田《さかた》君に訊いていただければ。ずっと一緒にいましたから」

久永はそつなく答えた。


捜査一課の三人が一三〇五号室を出て駐車場に降りて行くと、右京と尊が待ちかまえていた。こちらの持っている情報を、捜査一課に与えるためだった。

「犯行のあった金曜日、山野陽子という名前で十三階に部屋を取っていた女性です」

右京の言葉に合わせて、尊が三人に京子の顔写真を見せた。

「あっ！　犯行現場の目の前の部屋の客ですよね」

芹沢が声を上げる。

「ああ、名前もデタラメだった女だ」

三浦がしげしげとその写真を見た。

「なんだってこんなものを？」

伊丹が訊ねると、右京がかいつまんで言った。

「たまたまぼくの知り合いがその時刻にロビーにいて、この女性とタクシーに同乗することになり、その女性が忘れていった社員証を車内で拾ったそうです」

「ちなみに、これがその会社。ところがその社員証は偽物でタクシーを降りたマンションの部屋も別人が住んでいました」

尊がブレイブスタッフの住所を記したメモを渡した。

特命係のふたりに背を向けて、芹沢が声を落として伊丹と三浦に言った。

「正体不明の消えた女ってわけですか？」

「匂うな。被害者の妙な海外渡航歴といい、人目を避けるのにもってこいのホテルといい」

伊丹が眉間に皺を寄せた。

「ああ、確かにキナ臭い要素が揃ってやがる」

三浦に続けて芹沢が興奮を押し殺した声で言った。

「犯人が複数犯なら何かの集団か組織が絡んでるとか」

「おい！」

伊丹が人さし指を口元に当てた。そしてこちらをじっと見ている右京と尊に「こっから先は捜査機密です」と言った。

「それじゃあ」

三浦の掛け声で車に乗ろうとする三人に、右京が声をかけた。

「ああ、それからもうひとつ」

「はい」

芹沢が振り返る。

「先ほど不審な車を見かけました。車両番号は品川３００　へ　７×-１×」

あのナンバープレートを一瞬にして記憶したのか、と呆れ顔の尊を他所に、右京が早口で言うと、三人は慌ててその番号をメモした。

「まあ、役に立つかどうかはわかりませんが、捜査の参考にさせていただきます。では」

伊丹がそう言うと、三人は車に乗り走り去っていった。

「さてと。ぼくたちはどう動きましょう？」

その車を見送って、尊が右京に訊ねた。

「あいにくですが、ぼくはこれからちょっと調べたいことがあります。その間、きみにやってほしいことがひとつ」

「はい、なんでしょう？」

「やよいさんの携帯電話に何度かかけてみたのですが、全く出る気配がありません。通信社にもかけたのですが、今日は一日、〈自主取材〉で戻らないとか」

「自主取材って、まさか……」

尊は悪い予感がした。

「ええ、彼女はおとなしそうに見えますが、時として思わぬ行動を取ることがあります」

〈東京ビッグシティマラソン事件〉を思い浮かべ、右京が言った。

三

やはりふたりの予感は当たっていた。京子が消えたマンションを尊が訪ねてみると、やよいがひとり、通り掛かりの人や近所の住人を呼び止めて京子の写真を見せて聞き込みをしていたのだ。

「あ、神戸さん」

尊の姿を見たやよいが走り寄ってきた。

「あそこに彼女が住んでいないことは、一緒に確かめたはずじゃなかったっけ？」

「いえ、神戸さん、やっぱりあの部屋は山原京子さんの部屋だったんです」

「えっ？」

「ちょっと」

そう言うとやよいは尊の腕をとり、マンションの前まで引っ張っていった。そして例の部屋が見えるところまで来て言った。

「あそこが二〇一号室。金曜日の夜にここまでタクシーで来た時にはベランダの花がきれいに咲いてたので、よく覚えていました。あれだけきれいに咲かせるにはちゃんとお世話しないと。なのに今は、水もやらずにしおれさせてるなんて、おかしいです」

確かに花はすべてしおれていた。

「まさか住んでる人間が入れ替わったとでも？」

「だとしたら山原京子さんが何かの事件に巻き込まれてることになりませんか？」

やよいが目を輝かせたところで、マンションの住人の女性が管理人を呼び止めて苦情を言っているところに出くわした。

「ちょっと管理人さん！　うちの水漏れの修理まだ？」

「すいません、聞いてなかったもので」

「まったく……お願いしますよ」

その様子を怪訝に思った尊が管理人に駆け寄って確かめたところ、案の定、こちらに勤務したのは今週からで、それも登録している人材派遣会社から急に言われてのことだという。しかもその人材派遣会社の名を訊ねると、あのブレイブスタッフだったのだ。

同じ頃、右京はそのブレイブスタッフを訪れていた。無人の受付で内線番号案内を確かめたが、京子の社員証に記されていた所属〈営業部販売促進課〉という部署は見当たらなかった。右京はポケットから京子の社員証のコピーを出し、そこにある外線番号に携帯で電話をしてみた。すると意外にも女性の声で、

——はい、ブレイブスタッフ販売促進課です。

との応答があった。

「警視庁特命係の杉下と申します。ただ今、受付にいるのですが、責任者の方、いらっしゃいますでしょうか?」

すると、

——少々お待ちください。ただ今、お伺いいたします。

と返事があり、間髪を容《い》れず男性社員が現れた。

「初めまして。営業部長の岸内と申します」

右京を社内に通した岸内は一旦奥に下がり、ほどなくして常務の橋場《はしば》冴美《さえみ》を伴って出てきた。

「警察の方が一体、どのようなご用件でしょうか？」

いかにも切れそうなビジネスウーマン、という風貌の橋場が早速切り出した。

「昨日、若い女性が山原京子さんというこちらの社員の方を訪ねてみえましたよね？」

右京が訊くと、岸内が答えた。

「ああ、そういえばそんなこともありましたか」

「ところがそのような社員は存在せず、社員証も偽造された疑いがあった。にもかかわらず警察に届けを出されていない。なぜでしょう？」

右京が突っ込むと、岸内はにべもなく答えた。

「それはただのイタズラだと思ったからですよ」

さらに橋場が重ねる。

「実害がなかった以上、事を荒立てるべきではないと、私どもで判断いたしました。何か問題でも？」

「いえいえ、念のために確認に伺っただけです。ところで販売促進課というのはどちらでしょう？」

右京は違う方向から攻めた。橋場がしれっと答える。

「申し訳ございません。販促課は経営戦略上の機密保持のため、社外の方は入れない決まりになっております」

「なるほど、なるほど。そうでしたか。お忙しいところ失礼いたしました」

慇懃に頭を下げて踵を返す右京の背中に、拍子抜けした岸内が声をかける。

「それだけですか？」

「それだけですよ」応えた右京は出口まで見送られる途中、「ちょっと失礼。誰でしょう？」と携帯に着信があったように見せかけて、先ほどかけた〈営業部販売促進課〉の番号へリダイアルした。するとすぐ脇のデスクにいた女性社員が電話に出た。

「はい、ブレイブスタッフ販売促進課です。もしもし？」

目的を果たした右京は携帯を切り、

「間違い電話だったようです。ではここで失礼」

とお辞儀をしてブレイブスタッフを後にした。


一方、タッグを組んだ尊とやよいは、手分けして京子のマンションの謎を探った。

まず駅前の不動産屋を当たった尊は、マンションの五部屋をブレイブスタッフが社宅として借り上げていること、二〇一号室もそのうちのひとつだということを突き止めた。

そしてやよいの方は、レンタルビデオ店の店員から京子をよく見かけていたという証言を得た。

「ブレイブスタッフなら、管理人を替えて別の人間を住まわせて、山原京子があの部屋に住んでいたのをなかったことにするのも可能だろうね」

　ふたりが待ち合わせた喫茶店で、尊が言った。

「それって、あのホテルでの殺人事件と関係があるんでしょうか？」

　探求心旺盛なやよいを見て、尊が忠告した。

「きみはこれ以上もう深入りしないほうがいいよ」

「えっ？」

「この事件の背景には、何か大きな機密や組織が関わってる可能性もある。もう素人《しろうと》のきみの手に負えるようなレベルじゃな……」

　尊の言葉を遮って、やよいが語調を強めた。

「隠された真実があるなら、私はそれを明らかにしたいんです。兄が海の向こうで事件に巻き込まれて、父があんな恐ろしい事件を起こしてしまった時、私は何もかもなくしてしまいました。でも、ただひとつわかったことがあるんです。この世界には自分たちに不都合な真実を握り潰すために平気で手を汚す人たちがいるんだって。それでも諦めずに立ち向かえば、たとえ消えかけた真実でも絶対に明らかにすることができるんだって。私はそれを、杉下さんと亀山さんから教わったんです」

　尊はやよいの芯に触れた思いがした。が、放っておくわけにもいかなかった。

「それでジャーナリストを志《こころざ》したんだ。だけど警察官でもないきみを、もうこれ以上捜査に巻き込むわけにはいかない」

「そんな……」

「その代わり約束するよ。山原京子の身に何が起きたのか、必ず突き止める。真実がわかったらきみに伝えるよ」

やよいは頷いた。

そのとき、尊の携帯が震動音を鳴らした。


携帯で呼び戻された尊は、右京とともに刑事部長室に赴いた。

「先ほど、ブレイブスタッフという会社から抗議の電話があった。事件も何も起きていないのに、こそこそ嗅ぎ回るような真似をしたそうだな？」

参事官の中園照生がふたりを前にして威圧的に言った。

「お言葉ですが、事件が起きていないかどうかは調べてみないとわからないのではないでしょうか」

右京が穏やかに言うと、中園が声を荒らげた。

「口答えをするな！　抗議が来た以上、今後ブレイブスタッフには一切近づくな」

尊が片手を上げて反論に出る。

「抗議といっても、いち民間企業からのクレームですよね？　わざわざ刑事部長からじきじきにお叱りを受けるほどの問題とは思えませんし、正直、理解できません」

その遣り取りを聞いていた刑事部長の内村完爾が立ち上がり、

「誰が理解しろと言った。これは部長命令だ、従うんだ」

と言い捨てて部屋を出ていった。

「従うんだ！」

中園が追従《ついじゅう》した。

刑事部長室を後にしたふたりを廊下で待ち伏せしていたのは、捜査一課の三人だった。

ふたりの顔を見るなり無言の手招きで別室に呼び込んだ三人に、右京が訊ねる。

「ひょっとしてあなた方も、ブレイブスタッフを？」

伊丹が珍しく丁寧な口調で答えた。

「こっちはいきなり乗り込むような大胆な真似はできません。手順を踏んで外堀からコツコツと」

「それでも止められちゃいましたけど」

芹沢が首をすくめる。

「ただの民間企業にしてはガードが固すぎませんか？」

尊が疑問を呈すると、三浦が言った。

「ブレイブスタッフは人材派遣会社としては中堅どころで、それほど目立った実績もない代わりに過去にトラブルを起こしたという記録も一切ありません」

「優良企業ってことか」

尊が頷く。すると芹沢が意外な事実を漏らした。

「なんたってここ数年、警視庁ＯＢを毎年何人も顧問として受け入れてるんですから」

右京がそれに反応する。

「なるほど。かつての上司や先輩からの抗議となれば、刑事部長や参事官が唯々《いい》諾々《だくだく》と従うしかなかったのも、納得がいきますねえ」

尊も納得顔になった。

「捜査に圧力をかけてきたってことは、当然、探られたくない肚があるってことですよね？」

「殺された天谷氏とブレイブスタッフの繋がりは？」

右京が訊ねると、伊丹が答えた。

「それも、今のところ全然。ただ、あの車両番号は外務省の車でした」

「えっ、外事絡みってこと？」

尊が驚きの声を上げると同時に、三浦がわざとらしい咳払いをした。

「ま、そういうわけで、捜査本部としてはブレイブスタッフとか山原京子なんて女のことはすっかり忘れて、地取りや被害者周辺の聞き込みに専念することになりました」

「いやあ、おふたりのように怖いもの知らずで正義感が強い方々なら、捜査を続けることができるんでしょうけど……ね？」

意味深な皮肉を残して部屋を出た伊丹に、芹沢が耳打ちする。

「いいんスか？　やけにたっぷり情報教えちゃって」

「あんだけ教えてやれば、当然、動かざるを得ねえだろ」

伊丹がにやりと笑った。

「ヤバい捜査は特命任せかよ。黒いなあ」

三浦がそう言うと、いつにも増して悪どい表情の伊丹は捨てぜりふを吐いた。

「立ってる者は特命でも使え、だ」

四

そのころやよいはまだ京子が消えたマンションにいた。尊に諭《さと》されたくらいで諦めるような玉ではなかったのだ。日も落ちてあたりが暗くなったころ、電柱の陰からエントランスを窺っていたやよいは、京子の部屋に入れ替わりで住んでいる女が、出てきたなりタクシーを拾うのを目撃した。

やよいはすぐさま後続のタクシーをとめて、前の車を追うように指示した。

タクシーはあろうことかレンブラントホテルの前で停まった。続いて車を降りたやよいもホテルのエントランスをくぐる。柱の陰から様子を窺うと、女はフロントに直行し、チェックインした模様だった。やよいは携帯を取り出して右京に連絡をとった。

「杉下さんですか？　今、レンブラントホテルのロビーにいるんですけど」

――おや、どうしてまたそこに？

「山原京子さんの部屋にいた女の人を尾行してきたら、たった今、チェックインして……」

――そうでしたか。ぼくたちもすぐそこに向かいます。それまで、いいですか、絶対にそこを動かないように。

「はい、わかりました」

と言ってみたものの、黙ってじっとしているやよいではなかった。エレベーターホールの方から歩いてきたのが、ブレイブスタッフの営業部長、岸内だと認めると、やよいは咄嗟《とっさ》に柱の陰に身を寄せ、そしてホテルを出てゆく岸内の後をそっと尾行しはじめた。

しかしそれはあまりに危険な行為だった。しばらくして人影もまばらな住宅街に入り、私鉄をまたぐ跨線橋《こせん》に来たところで、岸内はいきなり歩みを速めた。慌てて追いかけたやよいは、何者かに背後からバッグをひっぱられ、その弾みに階段で転んで怪我をしてしまった。

報せを受けた右京と尊は、急いで病院に向かった。

「彼女、やっぱり罠に嵌《は》められたんでしょうか？」

病院に到着し、治療室に向かう廊下で、尊が右京に訊いた。

「マンションに張り込んでいたやよいさんのことを、二〇一号室の女性が岸内部長に伝えたのでしょうねえ」

「そしてホテルまで誘い出し、岸内が自分を尾行させて別の人間に彼女を襲わせた」

「しかし、どうして彼女をそこまで……」

右京も首を傾げた。

治療室でやよいは看護師の手当てを受けていた。額にはガーゼが当てられ、膝に巻かれた白い包帯が痛々しいが、思ったほどの怪我ではなかったようだ。

「大丈夫？」

尊が声をかけると、

「すいません。ご心配おかけして」

とやよいが頭を下げ、荷物を手に片足を引きずりながら治療室を出た。

「動かないように、って言ったのに、動いたんですね？」

右京がたしなめると、やよいは素直に謝った。

「動きました。すいません」

「何があったのでしょう。話していただけますか？」

やよいが頷いた。

「杉下さんに電話した後、ブレイブスタッフの岸内って人をロビーで見かけて、外に出ていこうとしたから思わず……」

「尾行しちゃったんだ？」

尊が呆れ顔をする。

「はい。跨線橋で急に早足になって、追いかけたらいきなり誰かが背中を……バッグを引っ張られて、咄嗟にベルトを強く握ったら、犯人の手が私を突き飛ばす形になって……」

そこで右京が訊ねた。

「つまり突き落とすことが目的ではなかった？」

やよいが少し考え込むような顔つきになって、バッグの中に手を入れた。

「きっと、これを奪おうとしたんです」

「えっ、携帯電話？」

尊が訊ねると、やよいは頷いた。

「山原京子さんが私に送ったメール、もう一度見てみたら、ただの空メールじゃなくって……」

やよいは携帯を操作し、ある動画を呼び出して右京と尊に見せた。それはホテルの廊下で、ひとりの男がシーツにくるんだ死体を引きずりながらリネン室に入っていくところを、向かいの部屋のドアスコープ越しに撮影したものだった。

「山原京子さんからのメールに、この映像が添付されていたんですね？」

右京が確認すると、やよいが首肯した。

「繋がりましたね」

右京が尊を見る。

「繋がりました」

そこで右京はやよいに向かって右手の人さし指を立てた。

「やよいさん、ひとつお願いがあります」

五

翌日、やよいは右京の指示通りブレイブスタッフの岸内宛てに電話をかけた。

「はい、岸内ですが」

――先日、山原京子さんの件でお伺いした守村と申します。

「何か？」

ポーカーフェイスで応じた岸内の顔色が、次のやよいのひと言で変わった。

――山原京子さんとようやく連絡が取れました。ご心配おかけしたみたいでしたから、一応、ご報告をと思いまして。

受話器を下ろした岸内は、すぐさまそのことを橋場に報告し、ふたりして車を飛ばした。向かった先は都内某所にある閉店したクラブだった。南京錠で頑丈に閉じられた可動式フェンスを開けると、岸内と橋場は鉄の扉を押して中に入った。それを尾行していた右京と尊も、同じく扉を開けて中に入った。

「山原京子さんはこちらでしたか」

店舗の真ん中で立ちすくむ岸内に、右京が声をかけた。

「なんのことでしょうか?」

白を切る岸内に、右京が続ける。

「山原さんから連絡があったと聞けば、当然、彼女のところへ確認しに行くと思いましてね。つけさせていただきました」

「もう全てわかっています。これ以上続けて彼女の身にもしものことがあれば、罪がさらに重くなりますよ」

尊が脅しをかけると、奥の方から橋場が出てきた。

「岸内!　もういいわ」

橋場はため息を吐いた。

ふたりは岸内と橋場の脇をすり抜けてさらに奥に進んだ。倉庫のようなスペースにソファが置かれ、その上に京子がぐったりと横たわっていた。

「神戸君」

尊は見張り役の男の手を振り払い、京子の傍らにしゃがんだ。

「山原京子さんですね？　大丈夫？」そして京子を抱き起こした尊は右京を振り返り
「怪我はしてないみたいです」と報告した。

そこへ連絡を受けていた捜査一課の三人が現れた。

「さーて、どういうことかご説明願えますか？　杉下警部殿」

伊丹がため息交じりに言った。

「どうぞ」右京は三人を京子のいるソファの傍らまで導いた。そして京子を「こちらの女性がレンブラントホテルでの殺人事件の目撃者です」と紹介した。

「えっ、目撃者？」

芹沢が声を上げる。

「何をご覧になったのか話していただけますか？」

右京に促されて、憔悴《しょうすい》し放心状態の京子はゆっくりと口を開いた。

「あの日の夜、部屋の外の廊下から妙な物音が聞こえてきたんです……」

一三〇二号室にいた京子はその物音を確かめようと、ドアスコープを覗いてみた。すると血のついたシーツに包まれた人間を引きずっている男の姿が見えた。驚愕した京子は咄嗟に手にしていた携帯電話のカメラレンズをドアスコープにかざしたのだった。

「やはり、この映像を撮影したのはあなたですね？」

右京はやよい宛のメールに添付されていた動画を示した。京子がコクリと頷いた。

その動画を見た三人が目を丸くした。

「おい、こりゃ……」

三浦がうなった。


そのわずか後、捜査一課の三人と特命係のふたりは、レンブラントホテルの一三〇五号室、久永の部屋を訪れていた。

「この部屋が犯行現場ねえ」

ソファに座り込んだ久永を睨みつけて伊丹が言った。

「ええ。天谷さんの死体がリネン室であのような状態で発見されたため、誰もが最初から、あの場所が犯行現場だと思い込んでしまっていたようです」

右京の説明を受けて、伊丹が久永に迫る。

「そういうことでよろしいですか？」

「一体なんのことだか、私には」

久永が右京を見上げた。

「要するに死体をリネン室まで運んで、ごまかそうとしたってことですか」

三浦がまとめると、尊がそれを訂正した。

「いや、正確に言えば被害者を殺した証拠を消すためには、リネン室に運ぶしかなかったってことですよ」

「証拠を消す？」

伊丹が怪訝な顔をする。そのとき、部屋の奥から米沢の声がした。

「出ました。間違いありません。血液です」

「おそらく、これが本当の凶器だったのでしょうねえ」

右京が屈みこんで熟視したのは、例のドイツの現代彫刻だった。ひとつひとつ形が違うという従業員の説明通り、久永の部屋のものは三本の鋭角に尖った棒が天に突き出た形をしていた。

あの夜……被害者、天谷楠雄と揉めた久永は、取っ組み合いの末、天谷を彫像の上に押し倒してしまった。そのとき頭に三本の棒の先が刺さり、天谷は即死したのだった。

右京が推理した状況を久永の前にさらす。

「被害者の頭部には彫像の形がくっきりと残ってしまっていたのでしょう。自分の部屋で死んだことをなんとしても隠したいあなたは、リネン室のアイロンを使い、傷の形状がわからなくなるまで殴りつけて、その場に放置した。一三〇二号室から撮られているとも知らずに」

その動画を右京に見せつけられ、久永は両手で頭を抱えた。

そこへ芹沢がやってきた。

「秘書の供述も取れました。アリバイを偽証するように言われたそうです」

「足音や叫び声を聞いたってのも、嘘だったってことか！」

三浦が怒鳴る。

「だとして動機はなんだ？」

伊丹の疑問に答えるように、部屋を調べていた米沢が言った。

「失礼します。ベッドの脇の灰皿から微量ながらコカインの成分が検出されました」

「コカイン？」

三浦が聞き返すと、尊が右京に向かって言った。

「殺された天谷楠雄は頻繁に海外に出張してましたよね」

「おそらく自ら治安の悪い地域に出向き、麻薬を買い込み、国内に持ち込んでいたのでしょう」

「まさか密輸の黒幕か？」

伊丹が久永を睨みつける。

「久永、おまえか！」

三浦に恫喝《どうかつ》された久永は反論した。

「違う！　私はただの客だ！　なのに天谷の奴、私のことをマスコミにバラすって金を要求してきて……だから！」

それが結局自白となった。

「動機は麻薬売買のトラブルかよ！」

呆れ果てた三浦が声を荒らげた。

「スパイも外務省も全然関係なかったんだ」

芹沢も憤りを露わにした。

「詳しい話は警視庁で聞かせてもらおうか」

伊丹の決めのひと言で、久永は連行された。

六

特命係の小部屋に招かれ、右京に紅茶をご馳走になりながら、やよいは事の顚末《てんまつ》を聞いた。

「でもどうしてその後、京子さんが監禁されたり、まるで存在しなかったように偽装されなきゃいけなかったんですか？」

その疑問には尊が答えた。

「それは彼女があの日、一緒にいた相手のせいなんだ」

京子が明かしたところによると、あの夜同じ部屋にいたのは野党の有力議員だった。ドアスコープ越しに大変なものを見てしまった京子は、議員にそのことを話し、警察に電話をしようとしたが、議員は強硬にそれを阻止した。

——おい、やめるんだ！　そんなことしたら、私がここにいることがバレてしまうだろ！　会期中だぞ！

その議員、荘司隆昭《しょうじたかあき》は慌てふためいた。

——だって殺人だったら警察呼ばないと！

当たり前の行動に出ようとする京子を、荘司は脅した。

——ふざけるな！　自分の置かれた立場がわかっているのか。いいか、おまえひとりを消すぐらい簡単なんだ。

——だけど……だけど、殺人なんですよ！

——うるさい！

そう恫喝すると、荘司は携帯で秘書に電話をかけた。

——おい、トラブルだ。急いで迎えをよこせ。それからブレイブスタッフにも連絡入れて、女を黙らせるように伝えるんだ。

その後、犯人がリネン室から自分の部屋に戻るのを待って、京子が急いで部屋を出ようとすると、荘司の秘書が立ちはだかった。五分後に普段通りチェックアウトし、その後はブレイブスタッフに引き渡すということだった。

秘書とフロント階に降りた京子は、部屋に入る前にぶつかったやよいを見かけ、駆け寄って一緒にタクシーに乗ったというわけだった。

——つまりあなたはその場から逃げ出すために、守村やよいさんを利用したわけですね？

右京に訊かれ、京子は言った。

——そう。誰でもよかったんだけど、たまたまラウンジでぶつかってたし、人の良さそうな顔してたから。もっともマンションに帰ったら会社の連中に先回りされてたんだから、結局、意味なかったけど。

そこまでの話を聞いて、やよいは複雑な顔をした。

「つまり、山原京子さんはあの夜、あのホテルで売春していたんですか？」

右京が答える。

「正確にはブレイブスタッフの橋場常務と岸内部長が首謀者だったようです」

その橋場と岸内は組織犯罪対策五課の手に渡り、課長の角田、それに大木長十郎と小松真琴が橋場を取り調べた。

「要するに何か？　通常の派遣業務の裏で、娼婦の派遣まで行ってたってわけか」

角田が詰め寄ると、橋場はしゃあしゃあと言ってのけた。

「ただの娼婦じゃありません。高級娼婦です。秘密保持は完璧でしたし、ゲストも政治家や霞が関の官僚、有名企業の役員といったＶＩＰに限定していました」

呆れ果てた角田はひとつ大きなため息を吐いて再び訊いた。

「わざわざ販売促進課なんて架空の部署デッチ上げて、社員証まで作ってたのはなんでだ？」

「ウチの売りは知性と品のあるごく普通のレディーたちなんです。そういう娘を揃えるためには、表向き社員というアリバイが当然必要でしたから。実家の家族や友人から急な連絡が来た時のために、電話対応する社員もちゃんと用意していました」

呆れを通り越して憤りさえ感じた角田は、声を荒らげた。

「高級だろうがなんだろうが、おまえ、売春は売春だよ！　罪は重いよ！」

やよいを跨線橋で襲ったのも、やはり岸内の部下だった。京子の携帯を調べているうちにやよい宛のメールに添付されていた動画を見つけて、やよいから奪おうとしたのだ。

また、議員側は京子に危害を加えるつもりはなかったようだった。彼らが最も恐れていたのは、彼女が事件の目撃者として警察から事情を訊かれることだった。逆に言えば事件が解決してしまえば彼女の目撃証言も必要なくなるので、事件が解決するまで彼女を監禁しておけばいい……そういう腹積もりだったらしい。

そこまでを右京と尊から聞いたやよいは心配顔で訊ねた。

「山原京子さんは、罪に問われるんでしょうか？」

尊が答える。

「まあ、無罪放免ってわけにはいかないよね」

「私は真実が知りたかっただけなんです。でもそのせいで、彼女がしていたことが明らかになってしまったんです」

やよいは自分の振る舞いに罪の意識を抱いているらしかった。

「売春はまごうかたなき犯罪です。決して隠しておくべきものではありません」

右京が正論を述べると、尊がやよいを慰めた。

「それにきみはただ利用されたんだ。そのせいで危ない目にも遭った。だからきみが気に病むことはないよ」

「それどころかぼくたちはお礼を言わなければなりません。やよいさん、あなたがいなければ、事件は解決できなかったのですから」

ふたりに諭されてもまだ気持ちが晴れない顔のやよいは、ひとつ願い事をした。

「あの……山原京子さんにお会いすることはできませんか？」

「なんか用？」

ドアが開き、ふたりの刑事とともに入ってきたやよいを見て、京子は冷たく突き放すように言った。

やよいは京子の目をじっと見つめ、静かに言った。

「助かって、本当によかったです」

そうして京子の傍らに歩み寄って、

「怖かったよね」

と言葉をかけた。

するとそれまで目を逸《そ》らしていた京子が顔を上げた。そうしてやよいをじっと見てひと言、

「ごめんね」

とかすかに涙を浮かべた。そこにいるのは突っ張った高級娼婦などではなく、やよいと同世代のひとりの女の子だった。

やよいも目をうるませ、微笑みながら首を横に振った。

警視庁を出て並木道を歩いていたやよいは足を止め、ここまで送ってきてくれたふた

りの刑事を振り返った。

「もうここで大丈夫です」

「そうですか？　また何かあったら顔を見せに来てくださいね」

右京が笑顔で応える。

「フッ、今回みたいなことはないに越したことはないけどね」

尊がいたずらっぽい目で見やると、やよいも微笑んだ。

「はい、ありがとうございました」

「じゃあ」

「では」


まだすこし片足を引きずって歩み去るやよいの後ろ姿を見送りながら、右京が尊に言った。

「隠された真実があるのなら、それを明らかにしたい……彼女はきみにそう言ったそうですね」

「ええ、おかげでいろいろ無茶してくれましたけど」

「ですが彼女を突き動かしたのは、それだけではなかったようにぼくには思えてなりません」

「ん？　と言うと？」

「彼女には聞こえていたのでしょう。山原京子というひとりの女性が心の底から助けを求めていた声が」

「だから自分の危険も顧みず、彼女を見つけようとした」

「ええ。彼女はいいジャーナリストになると思いますよ」

右京の目は次第に遠く小さくなっていくやよいの背中を、やさしく捉えていた。

第六話

「ラスト・ソング」

一

Summertime and the livin' is easy
Fish are jumpin' and the cotton is high
Your daddy's rich and your ma is good-lookin'
So hush little baby don't you cry
So hush little baby don't you cry

日本のジャズ喫茶の草分けともいえるライブハウスは、その夜、超満員だった。およそ十年ぶりにカムバックを果たした伝説のジャズシンガー、安城瑠里子《あんじようるりこ》が往年の名コンビ、森脇孝介《もりわきこうすけ》カルテットをバックに歌うという、ジャズファンにとっては垂涎《すいぜん》の的ともいえるコンサートである。

その会場に、警視庁特命係の警部補、神戸尊がいた。なぜか隣は空席だったが、スイング感溢れる曲、切ないブルース、情感たっぷりのバラードなどを身を揺すりながら十分味わっていた。前半の最後を飾ったのはガーシュインの『サマータイム』。このスタンダード中のスタンダードナンバーを、瑠里子はハスキーボイスで渋くきめて満場の喝

っ
采をさらった。
「ありがとう。じゃ、休憩」
身に絡みついてくる称賛の嵐を冷たく振り払うそっけない仕草も、昔と変わらなかった。ステージを降りて楽屋に向かう瑠里子の背後を追いかけるように、森脇のトランペットが高鳴る。ステージとステージの間を埋めるアップテンポのインストゥルメンタルが始まった。

舞台裏に下がった瑠里子は数分後、六階の非常階段の踊り場にいた。そこには白いジャケットに黒いタイトスカートを穿いた女性が欄干に凭《もた》れて眠っていた。いや、眠っていたのではなかった。死んでいたのだった。瑠里子はその細い体に満身の力を込め、女性の死体を担ぎ上げた。そうして手すりを越して奈落の底へ真っ逆さまに投げ落とした。地上のコンクリートに肉塊がぶつかる鈍い音を聞いた瑠里子は、手すりにつかまってブルブルと震えた……。

「おお、ミス・アンルーリーの見事な復活に心からの敬意を!」
後半のステージを無事終え楽屋に向かう瑠里子を、ライブハウスの支配人、千葉信義《ちばのぶよし》が絶賛した。〈ミス・アンルーリー〉とは瑠里子の愛称である。

「まだまだよ」

千葉の大袈裟な身振りもあっさり袖にして、瑠里子は愛想なく楽屋のドアを開けた。

「あれ？　おかしいわね。鎌谷《かまや》ちゃん、知らない？」

空の楽屋を一瞥《いちべつ》して瑠里子が千葉を振り返った。〈鎌谷ちゃん〉とはこのコンサートを企画した音楽プロデューサーの鎌谷充子《みつこ》である。

「いやあ、見なかったけど。なんか？」

「終わったら楽屋にいるって言ってたんだけどさ。いないの」

「あっ、もしかしたら一服されてるんじゃないですか？」

千葉の脇にいたスタッフの茂田《しげた》美枝《みえ》が廊下の先にある非常階段のドアを指さした。充子は相当なヘビースモーカーだったのだ。

「ん？　なんだ、いないじゃん」

千葉がドアを開けると床に吸い殻が二本落ちてはいたものの、充子の姿はなかった。

「ねえ、あれ……」

そのとき、瑠里子がはるか下の地面を指さして低い声を出した。指先を目で追った千葉と美枝が凍りついた。そこには大の字に横たわる充子の死体があったのだ。

会場を出てライブの興奮冷めやらぬ観客たちの間をすり抜けて、尊は入口脇でスマートフォンをとり出し電話をかけた。相手は隣の席に座るはずの人だったが、電話は圏外か電源が切られているというメッセージを空しく繰り返すのみだった。尊がため息を吐いて電話を切ったとき、中から美枝が息を切らして走り出てきた。

「大変です！　ＭＫ音楽事務所の鎌谷さんが、非常階段から落ちたみたいで」

入口に立っていた三人の男性スタッフが驚きの声を上げた。

スタッフたちの会話を耳にした尊は早速身分を明かし、美枝とともにビルの裏の現場に赴いた。

おびえる瑠里子の肩を千葉がいたわるように抱いていた。足下には充子の死体が横たわっている。それを一瞥しただけで尊は猛烈な吐き気を感じて思わずハンカチで口を塞《ふさ》いだ。刑事にもかかわらず尊は死体が大の苦手だったのだ。

「支配人、警察の方が！」

美枝が声をかけると千葉と瑠里子が振り返った。

「け、警視庁の神戸です。通報、は？」

込み上げてくる吐き気を抑えながら、尊は自己紹介をした。

「とりあえず救急車を呼びましたけど、でも、もうね……」

千葉が顔を顰めた。確かに即死していることは一目瞭然だった。

「詳しいお話は後で聞きます。今はできるだけ人を入れないようにして現場保存を」

「はい」

美枝が頷いた。

「中行こう。表はお客さんでいっぱいだからさ」

千葉が促すと、瑠里子はその手を振りきって、走り去っていった。千葉と美枝がその後を追いかける。ひとり残された尊は吐き気を堪えつつ死体ににじり寄った。傍らに携帯電話が落ちているのが見えた。

ほどなくして現場は何台ものパトカーと警視庁の捜査員たちで溢れ返った。

「お疲れさまです」

杉下右京の姿を認めた尊が挨拶をした。

「死体を見つけたそうですねえ。大丈夫でしたか？」

さすがは上司である。右京は開口一番そのことを気づかった。

「な、何のことでしょう？」

尊がとぼけていると、傍らにいた所轄の元赤坂《もとあかさか》署の刑事、山口《やまぐち》が右京を見て言った。

「こちらも本庁の方ですか？」

「特命係の杉下と申します。で、亡くなられたのは？」

右京に訊ねられた山口があらましを説明した。亡くなった鎌谷充子は四十五歳。ＭＫ

音楽事務所の経営者で、このビルの六階にあるライブハウスで今夜行われたジャズライブのプロモーターでもある。死因は後頭部挫傷《ざしょう》による頭蓋骨骨折。死亡推定時刻は十九時半から二十一時半の二時間。ちょうど開場してからライブの後半が始まった頃までである。

「ちょっと失礼」通りかかった所轄署の鑑識員を右京が呼び止めた。「亡くなられた方の遺留品ですね？」右京は鑑識員の持っているトレーを覗き、「すみませんねえ」と手袋をして確認した。トレーのなかにはタバコの吸い殻が二本、あとは携帯電話などが入っていた。

「ちなみにこの吸い殻は六階の踊り場に落ちていました。携帯電話はあの辺り。遺体のすぐ近くで見つかりました」

尊が説明をしている間に、右京は携帯を手に取り、画面を開いた。

「最後の発信は二十一時十五分。これ、どこへかけたのでしょうねえ」

右京が発信履歴に残った番号を見て呟くと、尊が答えた。

「はい、スタッフに確認しました。楽屋直通の番号だそうです」

「さすが、神戸君」

右京が褒めると、尊は苦笑いして謙遜した。

「いえいえ」

ふたりはビルに入り六階のライブハウスに足を運んだ。受付カウンターを通り抜ける際、右京がカウンターの上をのぞき込んだ。そこには付箋《ふせん》のつけられたチケットが一枚だけ置かれ、付箋には〈神戸様↓細野様〉と書かれていた。

「おや」

右京の目線の先に気付いた尊は、

「あっ、あああっ！」

と声を上げ、大きな咳払いをして右京の肩に手を当ててライブハウスへと体を向けさせた。

「あのう、杉下さんは、あれですよね。当然、事故だとは思ってませんよね？」

尊は単に話題をそらしたいがため、という感じの質問を繰り出した。

「もしきみが百パーセント事故だと思ったのなら、わざわざぼくを呼ぶわけもないでしょうし」

お見通しの右京に尊がさらに訊ねる。

「なら、とっくにおわかりかと思いますが……」

右京が遮って先回りをする。

「携帯電話ですか？」

「ええ。被害者はうつ伏せで、ジャケットのポケットも、もちろん体の下。地面に激突したはずみに飛び出したとは考えにくい」

右京が尊の言葉を継いだ。

「被害者と同じ高さから落ちたのであれば、当然、それなりの傷がつくはずです。しかしその痕跡はありませんでした」

「だとすれば、殺人の可能性も……」

応える代わりに右京は尊をジロリと見た。


「この扉はオートロックのようですねえ」

充子がそこから落ちたと思われる非常階段のドアを何度か開け閉めして右京が言った。

「あっ、こちら支配人の千葉さんです」

そこに現れた千葉を尊が紹介する。

「遺体を最初に発見された方ですね。その時、この扉は閉まっていたのでしょうか？」

右京が訊ねた。

「閉まってましたよ。瑠里子さんとウチのスタッフが鎌谷さんを捜してドアを開けて出ましたからね」

「この袋は何でしょう？」

右京が足下の砂袋を指した。

「ああこれ。ストッパーですよ。消防署のお達しで全館禁煙になっちまって、タバコ吸う奴はここでしか吸えないんですよ。で、これは閉め出されないようにこうするんです」

　千葉はその砂袋でドアを止めてみせた。

「なるほど」

　右京が納得顔になった。

「亡くなられた鎌谷充子さんも、ここを使われてた？」

　今度は尊が訊ねた。

「ええ、もちろん。ウチとは古ーい付き合いですからね」

「ちなみに彼女がここを出ていくのを見た方はいらっしゃいますか？」

　千葉は首を横に振り、その質問をそばにいた美枝に振った。

「さあ……」やはり首を傾げた美枝は次の瞬間に何かを思い出したようだった。「あっ、でも後半が始まる前、瑠里子さんの楽屋に鎌谷さんから電話がかかってきてましたよ」

二

「電話？　うん。かかってきたわよ、そこに」

　そのことを楽屋で瑠里子に訊ねると、部屋の隅にある固定電話を指して即答した。

「どのようなご用件だったのでしょう？」

右京がさらに訊く。

「別にご用件ってほどのもんじゃないけどね」

後半のステージに向けて化粧直しをしている瑠里子に、美枝が声をかけにきたとき、鳴った電話を瑠里子がとった。

——何、鎌谷ちゃん。

瑠里子が電話口でそう言ったのを、美枝も確かに聞いたということだった。

そのご用件とは、ステージが終わったあと話がしたいから楽屋に来るということだった、と瑠里子が言った。

「では終演後、楽屋を訪ねるはずの鎌谷さんの姿が見えないのを不審に思い、遺体を発見されたわけですか」

右京が確認すると、瑠里子は大きなため息をひとつ吐いた。

「どうして、こんなことになっちゃったんだろ」

「まだ正式な結論は出ていませんが、元赤坂署ではこの件を事故として処理するつもりのようです。おそらく鎌谷充子さんは前半と後半の間、あなたが衣装替えのためにステージから離れ、バンドがインストゥルメンタルの曲を演奏している間に一服しようと踊り場に出た。ところがストッパーの砂袋の嚙ませ方が甘かったために自然にドアが閉じてしまい、オートロックで閉め出されてしまった彼女は、やむなく非常階段で下まで下りようとした。しかし周囲に明かりはなく、足を滑らせてしまい、そして落ちた」

尊が報告すると、瑠里子がやるせない声で言った。

「確かに不幸な事故ね」

「はい。ですが、そうは思ってないんですよ、ぼくたち」

瑠里子が尊を振り向いた。

右京がタバコのパッケージを手に続ける。

「鎌谷さんのジャケットのポケットにこれが入っていました。封は切ってありましたが、まだ手つかずです。なのに、踊り場には吸い殻が落ちていた。妙だとは思いませんか?」

「妙って、どこが?」

瑠里子のぶっきらぼうな質問に右京が答える。

「吸い殻が落ちていたからには、鎌谷さんはこれとは別にもう一箱持っていて、まずそちらを先に吸い終えたはず。ですがその空のパッケージが見つからないんですよ」

「もちろん、非常階段の下の路地も探しましたよ」

尊が補足した。

「あら、よくそんなことにまで気がつくものねえ」

瑠里子の呆れ顔に右京がいつものせりふで応じた。

「細かいことが気になってしまう、ぼくの悪い癖」

「まあ、彼女は外へ出る前から吸いたくてしょうがなくって箱から出してくわえてたんじゃないの?」

右京は頷いた。

「なるほど。つまり空のパッケージは踊り場に出る前に楽屋かどこかに捨ててしまったというわけですか」

「ロビーからくわえてきたっておかしくないほど筋金入りのチェーンスモーカーだったからね」

瑠里子のその発言に尊が反論した。

「ですが、踊り場に落ちていた吸い殻は二つ。二本もくわえて歩いてる人って珍しいですよね」

「耳にでも挟んでたんじゃないの?」

瑠里子はだんだんと考えるのが面倒くさくなってきた、というような投げやりな言い方をした。

「おや。こちらは館内すべて禁煙だと伺ったのですが」

右京が楽屋の鏡の前に置かれた灰皿を見つけて訊ねた。

「それは建前よ。楽屋は治外法権なの。まあ、あたしは吸わないけど、他人に吸うなってほど野暮じゃないから」

「たとえば鎌谷さんにも？」

「そんなに彼女のタバコが気になるんだ？」

瑠里子は重箱の隅をつつくような右京の執拗な問いかけに、ちょっと嫌気がさしているようだった。

そのとき尊が、美枝が開場前に楽屋に入っていく充子を見た、と言っていたことを暴いた。

――またかなあ、って思って。

と美枝は顔を顰めた。それまでにも激しい口論をしているところに何度か出くわしていたらしかった。すると瑠里子は悪戯《いたずら》が見つかったおてんば娘のような表情で言った。

「あら、バレちゃった？　彼女とは次のツアーのことでちょっと揉めてたのね。開場前もここでやり合ったわけ。黙ってたの悪かったかしら？」

右京が訊ねる。

「ちなみにやり合ったというのはどのぐらいの時間でしょう？」

「そうねえ、こっちも忙しかったから、十分ぐらいかしら」

「筋金入りのチェーンスモーカーの彼女が十分もの間、一本も吸わなかった？」

「あたし、こう見えて底意地悪いのよ。喧嘩してる相手になんか、吸わせてあげない」

瑠里子は右京の執拗な追及を吹っ切るように捨てぜりふを吐いてニヤリと笑った。

楽屋を出たところで尊が右京に囁いた。

「被害者と彼女の間に何かあったのは間違いなさそうですね」

右京が頷く。

「〝ミス・アンルーリー〟。彼女の名前、安城瑠里子からついたあだ名です。三十年近く前、伝説のジャズシンガーとして彼女が一世を風靡《ふうび》した頃そう呼ばれていたそうです」

「ミス・アンルーリー……〝ルール知らず〟？」

「〝気まぐれで手に負えない〟あるいは〝御《ぎょ》しにくいじゃじゃ馬〟という意味でしょうか」

「なるほどね」

「彼女は一筋縄ではいかないかもしれません」

右京は壁に貼られている瑠里子のポスターを見上げた。

翌日、鑑識課の米沢守から報告を受けた捜査一課の三浦信輔が声を上げた。

「殺人《コロシ》の可能性？」

「なんだ。どうした？」

それを聞きつけた、やはり捜査一課の伊丹憲一が首を突っ込んできた。

「報告によりますと、事故死と判断された女性の遺体を司法解剖したところ、転落の際についた傷の多くが生体反応のないものだと判明したようです」

「えっ⁉　つまり、死んだ後で転落したってことか？」

伊丹が聞き返す。

「ええ。死因は頭蓋骨骨折。致命傷は後頭部の傷です。おそらく何か鈍器のようなもので殴られたんだと思います」

「ってことはバリバリ殺人じゃないスか！」

同じく捜査一課の芹沢慶二も驚きの声を発した。

「おい、とにかく現場《ゲンジョウ》行くぞ！」

号令をかけた伊丹が現場の場所を確認しようとして、米沢の手にある資料を覗き見た。

「第一発見者、神戸ソン？」

「ってことは……」

三浦も思い切り顔を顰めた。

「こちらに来る前に特命係にも一報を入れさせていただきました。ちなみに〈ミス・アンルーリー〉に関する情報も、僭越《せんえつ》ながら少々……」

何を隠そう、米沢は安城瑠里子の筋金入りのファンだったのだ。

三

その頃、右京と尊は瑠里子と組んでいるバンドマスターの森脇孝介のスタジオにいた。

「鎌谷さん、事故じゃなかった？」

スタジオのミキシング・マシーンの前で事情を聞いた森脇は、怪訝な顔でふたりを見た。

「ええ。その可能性が浮上したため、関係者の皆さんにいろいろとお話を伺って回ってるところなんです」

尊が説明した。

「つかぬことをお伺いしますが、先ほど録音されていたのは？」

スタジオに入ったときに漏れ聞こえてきた音に、右京は興味津々のようだった。

「ああ。映画の劇伴《げきばん》……劇中音楽ですよ」

「あっ、テレビでもよくお名前拝見します」

尊がはずんだ声で言うと、右京も続いて持ち上げた。

「ええ。作曲のお仕事ばかりではなく、プレーヤーとしてもステージに立たれる。才能のある方は違いますねえ」

「いやあ。本業はあくまでも作曲ですから」

森脇が謙遜する。

「あの、鎌谷さんとは以前からお仕事をなさってたんですか？」

尊が本題に入ると、森脇はやや面倒臭そうに答えた。

「今回が初めてです。瑠里子とバンドを組んでいた時の曲が去年ＣＭに使われて、それがリバイバルヒットして、そこに目をつけた鎌谷さんが全国ツアーの企画を立てて……」

「なるほど。それで十年ぶりに再結成されたわけですか」

右京が頷く。

「最初は引き受けるつもりはなかったんですよ。でも鎌谷さんが精力的に動いて大口のスポンサー引っ張ってきてくれて、その熱意に負けて」

「こちら、当時の写真ですね」

右京が話題を変えてミキシング・ルームの壁にかかっている額を指した。

「自分で言うのもなんですが、いいバンドでした。海外の有名なジャズフェスから招待されたりもしたんですが、瑠里子の奴がどうしても首を縦に振らなくて」

「それはまた、どうして？」

尊が訊ねると、森脇が可笑《おか》しそうに笑った。

「フッフッ、彼女、高い所や飛行機が大の苦手なんですよ」

　意外な理由に頷いた右京が核心に入った。

「ぶしつけな質問で恐縮ですが、当時、森脇さんと安城瑠里子さんは……」

　一瞬の間を置いて森脇が答えた。

「つき合ってました。同棲も始めたけど、すぐに無理だと気づきました」

「おや、なぜ無理だったのでしょう？」

「彼女は最高のジャズシンガーですよ。ぼくはその才能に惹《ひ》かれた。でも恋人としては手に余るっていうか……結局、彼女との破局が引き金になって、バンド自体も空中分解してしまいましたけど」

　そこで今度は尊が話題を変えた。

「あっ、実はぼく、昨夜《ゆうべ》のライブを拝見したんですけど、後半演奏する曲を一曲ごとに好き勝手に選んでましたよね。あれってほんとに安城さんがその場で決めてたんですか？」

「ええ。その日の客のノリによって歌いたい歌も変わって当然。それが彼女の流儀ですから」

「へえー」

　尊が感心した。

森脇のスタジオを出たふたりは、千葉のライブハウスを訪れた。

「なるほど。安城さんと森脇さんは、二十年前は毎月のようにこちらでライブをされていたわけですね」

事務室の壁に貼られている変色した昔のポスターを見上げながら右京が千葉に訊いた。

「ああ、あの頃の彼女はすごかったよ。超満員だって客のノリが悪かったら明らかに手抜いちゃうんだ。曲の途中でステージを降りちゃうことだってあった」

千葉は懐かしそうに笑い、そして感慨深げに言った。

「そのアンルーリーがステージに戻ってくれる。これは奇跡ですよ」

「奇跡、とおっしゃいますと？」

右京が聞き返す。

「バンドが解散してからずっと、まあ十年になるでしょうかね。まともに歌うってこともなかったんじゃないかな」

「では、どのように生活してたんでしょう？」

尊が当然の疑問を口にすると、千葉が声を落とした。

「ここだけの話ですけどね、森脇さん、家賃だ飲み代《しろ》だって、ずっと援助してたみたいですよ。もっともあの気位の高いアンルーリーが面と向かって礼を言うような、そんなことは決してしないでしょうけどね」

千葉の事務室を出たところで、右京が感慨深げに口にした。

「同じバンドで一世を風靡したふたりなのに、解散後の人生はくっきりと明暗が分かれてしまったようですねえ」

尊が応ずる。

「長年、不遇を託《かこ》っていた安城瑠里子にとって、リバイバルヒットやバンドの再結成はまさに千載一遇の復活のチャンスだった」

「だとすれば、ツアーのプロモーターである鎌谷充子さんを殺害する動機は、彼女にはないことになります」

尊が片手を上げた。

「ん、お言葉ですが、安城瑠里子は被害者と揉めていたと自分から認めてますけど」

「そうでしたねえ。ではなぜ自分に不利な材料を、あえて口にしたのでしょう？」

「うーん……まあその辺りがミス・アンルーリーたるゆえんなんですかね」

尊も考え込んだ。

四

「こちらにいらっしゃると伺いました」

ライブハウスの入っているビルの屋上のベンチでひとりぽつんと座っている瑠里子に、

右京が声をかけた。

「今日も観に来てくれたのかなあ？」

皮肉交じりに瑠里子はふたりを見上げた。尊が用件を伝える。

「いや、ひとつご報告が。鎌谷さんは事故死ではなく、殺害された可能性が出てきました」

「ふーん」

まったく関心なさげに瑠里子が頷いた。

「あれ？　驚かないんですか？」

尊が意外に思って訊いた。

「あんたたちの他にも、刑事だのなんだのが大勢出入りしてるから、そんなことじゃないかなあと思ってたわけ。そうだ、今日のステージも観てってもらおうかしら」

「そのことなんですが、事が事だけに今夜のステージは中止にしていただく可能性もあるかと」

右京が瑠里子の隣に腰を下ろしてそう伝えると、瑠里子は真顔になってジロリと睨んだ。

「顔に似合わず、面白い冗談言うわね」

「恐縮です」

右京が微笑んだ。

「お言葉ですが、殺人となると容疑者が関係者の中にいる可能性も考えられますので」

尊が重ねると、瑠里子が言い返してきた。

「ということは、関係者以外の可能性もあるってことよね」

右京が応ずる。

「おっしゃるとおり。もちろん外部犯の可能性も考えられますねえ」

続けて尊が説明した。

「亡くなった鎌谷さんは昨夜の二十一時十五分、あなたの楽屋に電話をかけています。状況から見て、その時、既に踊り場かその近くにいて通話を終えた鎌谷さんは、タバコを吸うために非常階段に出た。現場は裏通りに面した使われていない非常階段です。犯人があらかじめ姿を隠していることは可能でしょう。そしてストッパー代わりの砂袋を外してドアを閉め、事故を装い、彼女の体を非常階段の下へ転落させた……こう考えれば、犯人は外部の人間になります」

それを聞いた瑠里子が茶化したように拍手をした。

「よくできました。それを結論にしてくれてもいいわよ」

右京が続ける。

「確かにこの仮説どおりならば、犯行時刻は二十一時十五分から死亡推定時刻の二十一時半までの十五分です」

「その時刻、森脇さんやバンドのメンバーは演奏中。あなたも後半のステージに上がるところでした。それ以外のスタッフも全員アリバイが確認されています」

「よかったー」

尊の言葉を受けて、瑠里子がわざとらしく笑顔を作った。

「ただ、この仮説のスタート地点はあなたが被害者と電話で話したという供述一点だけです。しかしもし仮に、その供述が虚偽だったとしたら、当然、犯行時刻も変わってくるでしょうし、何より関係者の中から容疑者が出てくるかもしれません」

右京の顔を見て、瑠里子の表情がまた険しくなった。

「あたしを疑ってんだったら疑ってるってストレートに言えばいいじゃない」

「おや、疑われてしまうような心当たりでもおありですか?」

右京に突っ込まれた瑠里子はそっぽを向いた。

「あったとしても教えてあげない。最低でも今夜のステージが終わるまでは……何があっても」

そう言うと瑠里子はベンチを立ってふたりの前を去った。

「〝ミス・アンルーリー〟っていうのは〝食えない女〟っていう意味だったようですね」

その後ろ姿を見送って尊が言った。

「もし仮に安城瑠里子が犯人だとしたら、昨夜は殺害直後にステージに立っていたことになりますねえ」

「ええ。そして、その場の気分で曲を選んで歌った」

そこで右京が尊を振り返った。

「思い出してください」

「はい？」

「昨夜、彼女はどんな曲を？」

尊は戸惑った。

「いや、そう急に言われましても……えーっと、スタンダードが何曲かあって……特にこれって……あっ、そういえば再結成のきっかけになった、去年ＣＭでリバイバルヒットした曲、あの曲をやりませんでした。てっきりやるもんだと思ってたんですけど」

「どんな曲でしょう？」

「えー、『When Love Kills You』」

そのタイトルを聞いて右京の目が輝いた。

屋上を離れ、楽屋へ通ずる廊下を歩きながら右京が言った。

「『When Love Kills You』、『愛があなたを殺す時』。意味深なタイトルですねえ」

「まさかとは思いますが、殺人をした後だから殺すという歌詞を歌いたくなかったとでも？」

「いずれにしても、大勢の観客が期待していた曲を演奏しなかったからには何か理由がある。そう考えるべきでしょうねえ」

「うん？　踊り場、こっちですけど」

当然、再び現場を確認すると思っていた尊は、非常階段へのドアと反対の方向へ歩いていく右京に声をかけた。右京はそれを無視して〈保管庫〉という札の下がった部屋のドアを開けた。

「何してるんですか？」

尊が声を落として注意した。

「開いてました」

「開けたんでしょ」

勝手に部屋に入ったまま出てこない右京を尊も追った。

「神戸君」

「はい」

保管庫の床に置かれたジュラルミンケースの前にしゃがみこんだ右京の表情が変わった。

「米沢さんを」

「えっ？　はい」

「間違いありませんね。血痕です。被害者の傷口の形状とも一致します」

ジュラルミンケースの角に薬品をかけ光を当ててルミノール反応を調べた米沢が言った。

「おそらく犯人に突き飛ばされた鎌谷さんは背中から倒れ、この縁に後頭部を打ち付けて絶命した」

右京が推し量る。

「周囲にもいくつか血痕は飛んでますが、全体の出血量は微々たるものだったようですね」

米沢が周囲を見渡した。そこへ関係者の話を聞きにいった尊が戻ってきた。

「杉下さん、スタッフの話だと、保管庫といっても開場した後に楽器を使いたくなったミュージシャンが音出しに使えるよう、いつも鍵はかけてないそうです」

それを聞いた米沢が言った。

「これは盲点でした。てっきり踊り場が犯行現場だと思い込んでましたから」

「本番中という限られた時間内の犯行ならば、当然、犯行場所はこの建物の中のどこかだと思っていましたからねえ」

「さすがですねえ」

右京の言葉を受けて米沢が感心した。

「どうもありがとう」

「ですが、犯行なら踊り場でも可能だったんじゃ……」

尊の論を右京が否定した。

「いいえ。あの人には無理だと思いますよ」


ノックして楽屋の扉を開けた右京と尊を鏡越しに見た瑠里子は、半分呆れ顔をした。

「今度は何？　サインでももらいに来たの？」

「本当の殺害現場がわかりました」

右京の言葉に瑠里子はまったく動揺しなかった。その様子を見て尊が訊ねる。

「あれ？　訊かないんですか？　どこだか」

「興味ない。あたしは今、頭がステージのことでいっぱいなの」

鏡を見て化粧をしながら瑠里子が言った。

「やはり、中止にされるおつもりはありませんか」

そう言う右京を瑠里子は鏡越しに睨んだ。

「あのね、これから開場なの。今、中止にしたら、あたしのファンが暴動を起こすかも」

「犯行現場は保管庫でした」

打ち明けた尊を瑠里子はジロリと見た。

「興味ないって言わなかった？」

右京が何かを思いついたように手を打った。

「あっ、高い所が苦手だそうですねえ。飛行機にも乗れずに海外にも行けないほど。高所恐怖症ならばあえて非常階段を犯行現場に選ぶとは考えにくい。そう思って調べてみた甲斐がありました」

「それってなんか、あたしが犯人だって聞こえるんだけど。空耳？」

瑠里子のシニカルな物言いに尊が応えた。

「あなたは鎌谷さんの死体を見つけるや、千葉さんたちよりも先に一目散に非常階段を駆け下りた」

尊の言葉を右京が継いだ。

「そうまでして非常階段を駆け下りた理由があるとすればただひとつ。誰にも気づかれないように、彼女の亡骸《なきがら》の近くに携帯電話を戻すためです」

それを聞いた瑠里子は斜に構えて言った。

「すっごい想像力！　じゃあさ、ついでに教えてくれる？　あたしが鎌谷ちゃんを殺さなければいけない理由って、何？」

右京が答えようとする前に、捜査一課の三人が楽屋に入ってきた。

「理由ならありますよ」

伊丹が言った。

「鎌谷さんにツアーのギャラ値切られたそうですね」

詰め寄る三浦を瑠里子は怖い目で睨んだ。

「ノックぐらいしなさい」

「すいません」

気圧された三浦はたじたじとなって謝った。

「ある筋からの確かな情報では、ほとんどノーギャラに近かったそうじゃないですか」

今度は伊丹が選手交代して追及する。

「へえー、そうなんだ。あたし、契約書とか読まないから」

芹沢が続く。

「あなた自身、相当借金があることもわかってるんです」

「だから、そんな無茶な契約はのめるはずもなかった」

持ち直した三浦の言葉を受けて、伊丹が状況を推し量る。

「開場前、鎌谷さん、ここを訪ねてますよね？　あなたは彼女の口からギャラの話を聞かされた。納得のできないあなたは、前半と後半のステージの間に彼女を保管庫まで呼び出し、口論から揉み合いとなり、突き飛ばして殺害。被害者の携帯電話を奪い、そして楽屋に戻り、被害者から電話がかかってきたように装い、後半のステージを終えて支配人の千葉さんたちと死体を発見した時に携帯電話を戻した。ですよね？」

顔をのぞき込んだ伊丹に、瑠里子はおどけて言った。

「へえー。あたし、そんなことしたんだ。なんか、すっごーい」

常軌を逸した態度に二の句が継げない伊丹の代わりに三浦が進み出る。

「とりあえず警視庁で詳しいお話伺いましょうか」

「困ったわね。あたし、これから本番なの。百曲ぐらい歌った後でいいかしら？」

「チッ。安城さん、そういうわけには……」

伊丹が困り果てた様子で言った。

「どうしてもって言うんだったらつき合ってあげないわけではないんだけど……でもさ、こういう時って証拠って必要じゃない？」

捜査一課の三人は痛いところを衝かれて気まずい顔をした。

「保管庫から指紋とか出なかったの？」

尊がひそひそ声で訊くと、芹沢がしくじった。

「いや、出るには出たんですけど関係者の指紋も多くて、殺害現場の決定的な証拠になるようなやつは……」

　芹沢が自分のミスに気付き、口を押さえたが遅かった。耳をそばだてていた瑠里子が、勝ち誇ったように言った。

「残念ねえ。行ってあげてもいい気分だったんだけど。しょうがない、あたしはステージに行くしかないわね」

　楽屋を追い出されたところで三浦が呆れ顔で言った。

「ったく、なんて女だ」

「伊丹先輩の推理、なんか間違ってました？」

　芹沢が尊に耳打ちした。

「いや、イイ線いってたと思うけど」

　それを聞きつけた伊丹が芹沢を叱りつける。

「なっ、何訊いてんだよ！」

　そこで右京が感想を述べた。

「確かに彼女の行動はほぼ伊丹刑事の推測どおりでしょう。しかし、何かが欠けているような気がします」

「欠けてるって何がでしょうか？」

　面白くなさそうな顔で伊丹が聞き返す。

「ツアーの出演料を安く設定されたというのも、動機としてはいささか弱い」

「金が動機じゃないって言うんですか?」

三浦が憮然として訊ねた。

「安城瑠里子はミス・アンルーリーと呼ばれるほど常識外れのジャズシンガーですよ。彼女の中には彼女にしかわからない動機があるのかもしれません」

「へえー。警部殿でもわからないことがあるんだ」

皮肉たっぷりの伊丹に右京が言った。

「ええ。だからこそ、この目で確かめるしかありません」

「確かめるって?」

芹沢に右京が答える。

「今夜のステージを拝見しようと思っています」

五

Summertime and the livin' is easy
Fish are jumpin' and the cotton is high
Your daddy's rich and your ma is good-lookin'
So hush little baby don't you cry

得意のスタンダードナンバー『サマータイム』を見事に歌い上げると瑠里子は、

「えー、じゃあ、もう最後ね」

とつれなく観客に言った。

「えーっ、もっと聴きたーい！」

「えー、まだ働かせる気？　追加料金もらっちゃおうかな」

観客の不満の声に瑠里子が独特なユーモアで返すと、客席は笑いに包まれた。

「オーケー、オーケー」

観客のひとりの声に、瑠里子が応ずる。

「じゃあ、何にしようかな？」

そのとき、客席にいた右京が挙手した。

「はい」

「ええっ⁉」

その挙動に隣に座っていた尊が絶句した。

「あら、怖いもの知らずがいるみたいね」

客席が再び笑いに包まれた。

「まあ、その度胸に免じてリクエストどうぞ」

右京が立ち上がる。

「よろしければ『When Love Kills You』を聴かせていただきたいのですが」

客席から歓声と拍手が起こった。

瑠里子はわずかに表情を曇らせて、森脇を見た。森脇は目で合図しただけで床に置いてあったミュートを取り上げた。それを見た瑠里子が、

「じゃ、リクエストにお応えして」

と諾《うべな》って曲がスタートした。

街の灯が導いた　恋しい背中
過ぎし日を甘やかに　たぐり寄せる
迷いをあなたの指で　グラスに沈めて
その瞳で　その声で　もっと触れていて
Love kills you
Love kills you

ミュートを利かせたトランペットとハスキーボイスで奏でる切ないブルースが瑠里子のスキャットで締めくくられると、客席からは絶賛の声と拍手が嵐のように飛び交った。

「最高の夜をありがとう。おやすみ」

観客の熱狂をさらりとかわした瑠里子は、マイクを離れて楽屋へと下がっていった。

「年に一度あるかないかの珠玉の演奏だったようですねえ。名人の落語に通ずるところがありますなあ」

珍しくTシャツにジーンズというういでたちの米沢が、アイスミルクを飲みながら感慨にふけって言った。

「チッ、で、何かわかったか？」

その隣で聴いていたにもかかわらず、ジャズとはとんと縁のない伊丹が、面白くなさそうに三浦に訊いた。

「わかるわけねえだろ」

そのとき右京と尊の席に目をやった芹沢が声を上げた。

「あれ？　おっ、いない！」

六

伊丹が楽屋のドアをノックすると、

「どうぞ」

と瑠里子は放心の体で応えた。

「失礼しますよ」

伊丹に続いて部屋に入った三浦も芹沢も、特命係のふたりの姿が見当たらないので拍子抜けしたようだった。

「あら、もう呼びに来たの？　せっかちねえ。あたしさあ、ちょっと興味あんのよね。取調室って、一度見てみたかったから」

そこへ右京と尊が入ってきた。

「リクエストを聞いていただいたお礼に、お伝えしたいことがあります」

右京が瑠里子の前に進み出た。

「案外、律儀なのね」

「お連れするのは、その後で構いませんよね？」

右京が捜査一課の三人に許しを請うと、伊丹がしぶしぶ、

「うーん、チッ、どうぞ」

と場所を譲った。

「昨日の夜、何があったのか、すべてわかりました」

右京のひと言でその場にいる全員の顔色が変わった。するとそこへバンドのメンバーとスタッフの美枝を従えた森脇が、血相を変えて入ってきた。

「瑠里子を連行するってどういうことなんですか！」

それを見た右京が手を打った。

「ちょうどよかった。皆さんにも聞いていただきたいと思っていたところです。ずっと気になっていたことがひとつ。昨夜のステージで、あなたはどうして『When Love Kills You』を歌わなかったのでしょう?」

「そういう気分じゃなかっただけ」

瑠里子がため息交じりに言ったところへ、米沢がやってきた。

「失礼します。失礼します。ちょっと失礼します」

鑑識員の制服に着替えた米沢は、森脇のトランペットケースを提げていた。

「あっ」

「勝手に拝借して申し訳ございません」

啞然とする森脇に、米沢が頭を下げる。

「中を拝見してもよろしいですか?」

「えっ?　ええ……」

森脇は訳がわからないまま首肯した。

右京はハンカチを出し、指紋が付かないようにケースの中のミュートをそれで包んで取り出した。

「昨日と今日演奏された曲の中で、このミュートが使われたのは『When Love Kills

You』だけでした」

尊が右京の言葉を継ぐ。

「ところが昨日のステージに、森脇さんはこれを持っていかなかった。歌わなかったのではなく、森脇さんが演奏できないと知っていたからこそ歌えなかったんですね」

「なんの話なんだか。御託はいいからさっさと……」

苛《いら》つく瑠里子を右京が遮った。

「安城さん。あなたは犯行現場となった保管庫で、鎌谷充子さんの遺体とこのミュートを見つけた。違いますか？」

それを聞いて慌てたのは伊丹だった。

「ちょっ、ちょっと待ってください。ってことは、まさか……」

「ええ。鎌谷充子さんを殺害した犯人は、森脇さん、あなたですね」

右京が森脇の方に体を向けると、森脇は狼狽した。

「なんの話だか、ぼくには……」

尊が美枝を指した。

「先ほど彼女に確認しました。昨夜開演直前、あなたはトランペットケースを持って、〃音を確かめてくる〃と保管庫に向かったそうですね」

「事件は前半と後半の間ではなく、本番の前に既に起きていたんです」

その先を右京が言葉で再現した。保管庫でトランペットの音出しをしていたところに入ってきた充子と揉みあいになり、倒した拍子に殺してしまった森脇は、慌てふためいてミュートを保管庫に忘れたままトランペットとケースだけを持って出た。その姿を不審に思った瑠里子が保管庫のドアを開けてみると……。

「何が起きたのか、瞬時にすべてを悟ったのでしょう。必死に思いを巡らせ、前半と後半の間の時間を利用し、被害者を事故死に見せかける方法を思いついた。楽屋に戻ったあなたは、被害者の吸い殻を確保し、保管庫の遺体を踊り場まで運んで転落死を装い、携帯電話を使って、あたかも前半と後半の間まで被害者が生きていたかのような偽装をした。すべては計画どおりに運んでいたのでしょう。ところが決定的な証拠を持ち出さないわけにはいかなかった。しかしライブの途中でステージの森脇さんにミュートを渡すような不自然な真似は、到底無理だった。だからこそ、あなたは『When Love Kills You』を歌えなかったんです」

尊が米沢の手に渡ったミュートを指した。

「調べれば血痕が検出されるはずです。被害者のものと一致すれば明らかな証拠になりますよ」

「ちょっと待ってください。どうしてぼくが鎌谷さんを……」

森脇は尊に反駁《はんばく》した。

「芹沢刑事、亡くなった鎌谷さん、このライブのツアーを企画してから金回りがよくなったんだよね？」

尊に訊ねられて芹沢が答えた。

「ええ。それまではジリ貧だったのが、急に」

右京が森脇を追い込む。

「ツアーに関してあなたはこうおっしゃいましたよね、〝最初は引き受けるつもりはなかった〟と」

尊が続ける。

「あなた、鎌谷充子さんに脅されていたんじゃありませんか？」

――スタジオの建設費から機材費まですべて水増しして脱税だなんて、アハハハ……よく考えたもんね。

森脇の脳裏にミキシング・ルームで嘲笑した充子の銭ゲバのような顔が甦った。

「鎌谷さんは森脇さんに、ツアーへの参加を認めさせただけではなく、法外な口止め料を要求した」

それが保管庫で揉めた原因だった。

「あの曲を選ばなかった時点で、安城さんがあなたをかばおうとしてることにも当然、気づいていたはずでしょう！」

尊が憤慨する。

すべてを暴かれた森脇は震える目で瑠里子を見た。

「言い訳なんかいらないわよ。あんたがやりそうなことよ。わかってた。あたしにお金を融通してくれたことも、別れた女には優しい、いい男でいたかったからなんでしょ？あんたがこの世で一番好きなのは、あんた自身なんだから」

瑠里子に冷たく突き放された森脇に、三浦が最後通牒を渡す。

「では、詳しい話は警視庁で伺いましょう」

「警部殿、彼女はお任せしますよ。おふたりのほうが扱い慣れてるようですから」

伊丹が皮肉たっぷりに右京の耳元で言った。

「どうもありがとう」

捜査一課の三人が森脇を連行し、米沢も退出すると、他のメンバーたちも出てゆき、楽屋に残ったのは瑠里子と右京と尊の三人になった。

瑠里子は大きなため息を吐いて椅子に座り込んだ。

「あんな男のために、つまんないことしたと思ってるでしょ」

「あっ、いえ……」

尊が困惑気味に答えた。

「でもね、あいつじゃないとダメなのよ」

「はい？」

尊が聞き返す。

「あっ、誤解しないでね。バンドを解散してソロになって初めてわかったの。どんなに有名で実力のあるジャズミュージシャンと組んでもそれまでのようには歌えなかった。ジャズシンガーとして輝ける時って、あの男のアレンジと演奏と、そしてあたしの後ろにあいつがいる時だけだって」

それを受けて右京が訊ねた。

「それがこの十年、ステージに立たなかった理由でしょうか」

「再結成してからは、なんか生まれ変わったみたいに自分の望むように歌えた。それだけで幸せだった。とにかく歌いたかった。少しでも長く、あの場所に立っていたかった」

「それがあなたのしたことすべての動機ですね？」

右京の質問に答える代わりに、瑠里子は同じフレーズを繰り返した。

「ただ歌いたかっただけ……」

三人が楽屋を出てドアを閉めたところに、千葉が息を切らせて走ってきた。

「ああ、よかった！　大変なんですよ」

「大変って？」

尊が聞き返す。

「いや、お客さんが誰も帰んなくて。森脇さんも連れていかれちゃったし。瑠里子さん、お願い。顔だけでも出して。アカペラでいいんですよ、一曲でも歌ってもらえれば」

「われわれは待っていられますが？」

右京が瑠里子の顔を覗いた。

瑠里子はしばし考え込んでから、きっぱりと言った。

「ごめんなさい。あたしはもう、二度と歌わない」

「えっ⁉」

千葉が驚きの声を上げた。

「お客さんには支配人から、ちゃんと伝えて。お願い」

「そんな……」

愕然とする千葉を置いて、瑠里子が言った。

「さあ、行きましょう」

「では、参りましょう」

右京が先導してライブハウスを出ようとしたとき、会場からアンコールを求める手拍子が漏れ聞こえ、瑠里子の背中を追いかけてきた。

解説

やよいとの5年間

本仮屋ユイカ

私が「相棒」に初めて出演させていただいたのは、「相棒─劇場版─絶体絶命！42・195㎞《東京ビッグシティマラソン》」でした。錚々《そうそう》たるメンバーに囲まれて、今振り返る方が、より重みを感じるくらいです。「相棒」は、ワンカットを長回しで撮影するので、みんなが集中して撮影に臨み、いいものを撮るための情熱の塊のような現場だったことをよく覚えています。だから、その場にいられることの幸せがプレッシャーを上回っていたように思います。

撮影中に驚いたのは、爆破シーンでのことです。犯人役の柏原崇さんのアジトに右京さんがやってくるのですが、当初、何百リットルという水が用意してあって、そこに右京さんと私が飛び込むことになっていました。それなのに、突然、「この水いらないね」ということになってしまいました。朝からすごい勢いで水がタンクでどんどん運ばれてきているのに、いらないって……。水をなくし、その後のシーンの流れを作っていく臨機応変さは衝撃的でした。現場の熱とか、スピード感などをとても大事にしているんですね。結局、地面に大きな穴が開いていて、そこに鉄の扉があるから、その中に飛び込んで爆風を避けることになりました。私は、演技に夢中になると周りが見えなくなってしまうことがあって、この時も、そのシーンを後からチェックしていたら、私の頭が、その鉄の扉ぎりぎりのところにあって、右京さんがカバーしてくれているようにも見え、守ってくださっているんだなあと感じました。

その後に、私が兄のように慕っている柏原さんが亡くなってしまい、私が泣きじゃくって名前を呼ぶシーンがあります。そのテストのときに右京さんが、「もう本番やってあげようよ。彼女はもうできるから、今、やってあげたほうがいい」と言ってくださったんです。私が演技している場所と、ベース（監督や記録係がいる場所）とはかなり離れているんですけど、右京さんの声だけがはっきり聞こえたのが記憶に残っています。右京さんの登場シーンは、しばらく後なので、その場にいる必要はないのに、私の演技やコンディションを見た上で判断されたんですね。そのおかげで、私はものすごく興奮した状態で、演技にも熱が入ったまま撮ってもらうことができました。

でも、それは私に限ったことではなくて、どんなに短いカットでも、全員がベストの状態で本番に入っていけるように、見ていてくださるんです。撮影が始まるときなどは、右京さんは全員に「よろしく」って挨拶《あいさつ》されます。監督にもカメラマンにも、本当に全員に。そうされることで、私は初めてのメンバーだけど、仲間に入れてもらえた！　と思うことができました。右京さんにとって、それは一つのコミュニケーションであって、「今日も頑張ろうね！」という意思確認をされているように思えました。愛がいっぱいだと感じますね。

映画では、今でも記憶に残っていることが二つあります。

一つ目は、最後の方で、父親役の西田敏行さんが亡くなる直前に、右京さんが兄の手紙を読むという長いシーンです。その撮影は、休憩後に行われることになっていて、私はすごく緊張していました。その頃、休憩時間には、みんなでコーヒーを飲むのが定番になっていて、その日は、右京さん、亀山さん、西田さんなどが集まっていました。そうしたら、右京さんが「コーヒー飲みません？」と誘ってくれたんです。実は、当時の私はまだコーヒーが飲めなかったんですけど、右京さんとお茶できるなら、何でも飲もうと！　そうして、その休憩時間をきっかけに、私はコーヒーを飲めるようになりました。そう、私のコーヒーデビューのきっかけは右京さんなんです（笑）。あのコーヒータイムは、大先輩たちがいらっしゃって、決して心からリラックスしたというわけではありませんが、みなさんがキラキラしていて、とても大切な時間だったと思います。自分から「入れてください」とは、とても言えませんが、右京さんのおかげで輪の中に入れましたし、次のシーンもしっかりとできたのだと思います。

二つ目は、ラストシーンです。やよいが成田空港からエルドビアに旅立つシーンですね。あそこでは、右京さんと握手した後、亀山さんとハイタッチするんです。でも、そのシーンは、台本にはありませんでした。普段、現場で亀山さんと会うたびに、ハイタッチしていて、それを本番にアドリブで入れてくださったんです。毎日、撮影のときにやっているのと、やよいが旅立つから頑張れよっていうエールとが重なり合って、胸がいっぱいになったことを覚えています。

それから3年経って、今回、再登場させていただきました。当時よりは、私もちょっと成長して、大人になっていると思います。当時は、右京さんや亀山さんに助けてもらうばかりだったので、今回は少しは役に立ちたいと思っていたところ、推理にも少し参加できる役柄だったので、嬉しかったですね。基本的に、スタッフの方々は変わっていなくて、「ずっと、このチームで作ってきたんだな」と、その歴史と信頼感がさらに強まっているように感じました。何より、すごく久しぶりなのに、「おかえり」っていう雰囲気が嬉しかった。映画では、旅立ちのシーンで終わっていたため、「やよいはどうなるんだろう？　幸せになってほしいな」と思っていたので、成長したやよいとして参加できたのは最高でした。

ドラマの中では、私が喫茶店で尊さんに向かって、「諦《あきら》めずに立ち向かえば、たとえ消えかけた真実でも絶対に明らかにすることができる。私はそれを、杉下さんと亀山さんから教わったんです」と言うシーンがあります。そのテストが終わったときに、監督の東さんから、「やよいはね、こういう風に5年間を過ごしてきて、こういう子になっているから、こう演技してほしいんだ」と言われました。そのとき、私は「この人の中で、やよいはずっと生きていたんだ」と思って本当に感激しました。

ドラマの撮影中、尊さんから、「君は普段、何て呼ばれてるの？」と訊かれたことがあります。でも、私はあだ名がないんです。そこで、「本仮屋か、そのままユイカって呼ばれてます」と言ったら、「何もないの？」と。それで考えていたら、そういえば、あったなあと思い出しました！　私は中学の時に、本仮屋の「仮」にちなんで、「キャリー」と呼ばれていたことがあるんです。これは、テニス部の、しかも先輩たちだけが呼んでいた特殊なあだ名です。でも、尊さんは、すごく気に入ってくださって、それからは毎日、「キャリー」って呼んでくれました。役から離れ、王子様のような及川さんに「キャリー」と呼んでいただくと、お姫様になったような気がしました。「相棒」の現場は、みんなが殺気立つくらいに集中しています。誰もが自分自身に挑戦している感じでした。右京さんのためにいいものをと思うし、右京さんは、視聴者のためにと思うし、全員が全力を出し尽くしていると感じました。その現場に、私は二度も参加させていただき、亀山さん、尊さんとお会いしています。もし機会があれば、記者としてさらに力をつけたやよいの姿を、右京さんと亨さんにお見せできたら、と願っています。

（もとかりや　ゆいか／女優）

相棒 season 10（第1話〜第6話）

STAFF

ゼネラルプロデューサー：松本基弘（テレビ朝日）

プロデューサー：伊東仁（テレビ朝日）、西平敦郎、土田真通（東映）

脚本：輿水泰弘、櫻井武晴、戸田山雅司、太田愛

監督：和泉聖治、橋本一、近藤俊明、東伸児

音楽：池頼広

CAST

杉下右京……………水谷豊
神戸尊……………及川光博
宮部たまき………益戸育江
伊丹憲一…………川原和久
三浦信輔…………大谷亮介
芹沢慶二…………山中崇史
角田六郎……………山西惇
米沢守……………六角精児
大河内春樹………神保悟志
中園照生……………小野了
内村完爾…………片桐竜次

制作：テレビ朝日・東映

第１話

初回放送日：2011年10月19日

贖罪

STAFF

脚本：輿水泰弘　監督：和泉聖治

GUEST CAST

磯村菜々美 …………戸田菜穂　若林晶文………………大沢樹生

第２話

初回放送日：2011年10月26日

逃げ水

STAFF

脚本：櫻井武晴　監督：東伸児

GUEST CAST

瀬田宗明 ………………渡哲也　新開孝太郎……………綿引勝彦

第３話

初回放送日：2011年11月２日

晩夏

STAFF

脚本：太田愛　監督：近藤俊明

GUEST CAST

高塔織絵 ……………三田佳子

第4話
初回放送日：2011年11月９日

ライフライン

STAFF

脚本：櫻井武晴　監督：近藤俊明

GUEST CAST

帯川勉 …………………林和義　青木誠……………………青山勝

第5話
初回放送日：2011年11月16日

消えた女

STAFF

脚本：戸田山雅司　監督：東伸児

GUEST CAST

守村やよい ……本仮屋ユイカ

第6話
初回放送日：2011年11月23日

ラスト・ソング

STAFF

脚本：戸田山雅司　監督：橋本一

GUEST CAST

安城瑠里子 …………研ナオコ

相棒《あいぼう》 season10 上
朝日文庫

2013年9月30日　第1刷発行

脚　　本　輿水泰弘《こしみずやすひろ》　櫻井武晴《さくらいたけはる》　戸田山雅司《とだやままさし》
　　　　　太田愛《おおたあい》
ノベライズ　碇《いかり》 卯人《うひと》

発 行 者　市 川 裕 一
発 行 所　朝日新聞出版
　　　　　〒104-8011　東京都中央区築地5-3-2
　　　　　電話　03-5541-8832（編集）
　　　　　　　　03-5540-7793（販売）
印刷製本　大日本印刷株式会社

ISBN978-4-02-264717-7

朝日文庫

相棒season8（上）
脚本・輿水　泰弘ほか／ノベライズ・碇　卯人

杉下右京の新相棒・神戸尊が本格始動！　父娘の愛憎を描いた「カナリアの娘」など、連続ドラマ第8シーズン前半六編を収録。〔解説・腹肉ツヤ子〕

相棒season8（中）
輿水　泰弘ほか／ノベライズ・碇　卯人

四二〇年前の千利休の謎が事件の鍵を握る「特命係、西へ！」、内通者の悲哀を描いた「SPY」など六編。杉下右京と神戸尊が難事件に挑む！

相棒season8（下）
輿水　泰弘ほか／ノベライズ・碇　卯人

神戸尊が特命係に送られた理由がついに明らかにされる「神の憂鬱」など、注目の七編を収録。伊藤理佐による巻末漫画も必読。

相棒season9（上）
脚本・輿水　泰弘ほか／ノベライズ・碇　卯人

右京と尊が、夭折の天才画家の絵画に秘められた謎を追う「最後のアトリエ」ほか七編を収録した、人気シリーズ第九弾！〔解説・井上和香〕

相棒season9（中）
脚本・輿水　泰弘ほか／ノベライズ・碇　卯人

尊が発見した遺体から、警視庁と警察庁の対立を描く「予兆」、右京が密室の謎を解く「招かれざる客」など五編を収録。〔解説・木梨憲武〕

相棒season9（下）
脚本・輿水　泰弘ほか／ノベライズ・碇　卯人

死刑執行されたはずの男と、政府・公安・警視庁との駆け引きを描く「亡霊」他五編を収録した、累計一九六万部突破の人気シリーズ。